中公文庫

デンジャラス

桐野夏生

中央公論新社

目次

デンジャラス

第一章　つまいもうと

1

つまいもうと娘花嫁われを囲む潺湲亭《せんかんてい》の夜のまどゐ哉

兄さんが昭和二十六年に詠《よ》んだ歌です。兄さんとは、谷崎潤一郎《たにざきじゅんいちろう》。いかにも谷崎らしい、最愛の女性たちに囲まれた私生活の充実ぶりが表れている、と称えられる歌でございます。

確かに、家族全員が顔を揃えた夕食時の兄さんは、とても上機嫌でした。この歌が詠まれた頃は、戦時中発禁の憂き目に遭《あ》っていた『細雪《ささめゆき》』が大成功を収めて文化勲章も受章し、谷崎潤一郎が「文豪」と呼ばれ始めた時期でもありました。絶頂期を迎えた自信と喜びとが伝わってまいります。

「つま」とは、ご存じ、兄さんの三番目の妻、松子《まつこ》のことです。「いもうと」はこの私。松子のすぐ下の妹、重子《しげこ》と申します。

私はこの頃、夫の田邊弘《たなべひろし》と死に別れ、兄さんたちと一緒に暮らしておりました。立場は居候《いそうろう》も同然ですので、なるべく目立たぬよう、そして姉夫婦の役に立てるよう、女中への差配などは私の仕事と心得、そのように振る舞ってまいりました。

ですから、食卓では当然、兄さんが真ん中に座り、姉が兄さんの左隣、私はそのまた左にそっと引っ込んでいるのが常でした。

「娘」とは、兄さんの実子、藍子《あいこ》さんのことではありません。松子が前夫、小津清之介《おづせいのすけ》との間にもうけた美恵子《みえこ》という名の娘を指します。美恵子はいつも兄さんの右隣に座っておりました。

「花嫁」は、同じく松子と小津清之介との間に生まれた息子、清一《せいいち》の嫁のことです。名は千萬子《ちまこ》と申します。

千萬子は、日本画家の本橋寿雪《もとはしじゅせつ》先生の孫で、京都の山伏《やまふし》病院の娘。美恵子とは一つ違いの二十一歳。同志社《どうししゃ》大学を留年して、田邊家にお嫁に来たのです。嫁ですから末席でしたが、兄さんは若い千萬子に興味津々《しんしん》で、常に気を配っているのがよくわかりました。

谷崎と松子夫妻、美恵子、清一と千萬子夫妻、そして私と女中たち。大勢の大人が、下《しも》鴨《がも》神社を取り巻く糺《ただす》の森に隣接する「後《のち》の潺湲亭」と呼ばれる屋敷で暮らしていたのです。

田邊家とは何か、とのお尋ねですね。少し複雑な話をせねばなりません。

田邊は私が嫁《とつ》いだ家ですが、夫の田邊弘は、昭和二十四年に病死いたしました。そのため、寡婦《かふ》になった私を、兄さんが哀れに思って引き取ってくれたのです。

もっとも、私と姉の松子は四姉妹の中でもとりわけ仲がよく、京都にいる時は、結婚後も毎日のように行き来をしておりました。

田邊もなかなか定職に就くことができなかったため、仕事のことなどで度々《たびたび》兄さんの世話になり、始終顔を出してはいたのです。

問題は、私ども夫婦に子がなかったことです。田邊の死後、跡取りがないために清一を養子に迎えることになりました。

清一は松子の息子ですが、兄さんが「この家に男は要《い》らない」と松子に宣言したため、学生時代は、私ども夫婦が面倒を見ていた時期がありました。そんな経緯ゆえに、割合すんなりと、清一と千萬子は田邊家に入ったのでした。

千萬子にとっては、本来の姑《しゅうとめ》は清一の実母である松子なのですが、田邊家の嫁ですから、叔母の私・重子が「姑」となります。千萬子は、私を「お義母様《かあさま》」、姉を「伯母様」、兄さんを「伯父様」と呼び慣わしていました。

兄さんが美恵子を「娘」と呼ぶのは、昭和二十二年に、「次女」として入籍したからに他なりません。美恵子を入籍してくれたことで、兄さんとの間に子がなかった松子は、ようやく胸を撫《な》で下《お》ろしたのでした。

男の清一は外に出しますけれども、いずれ嫁に行く女の美恵子は入籍する。ここにも、兄さんの家族に対する考え方が表れています。

兄さんは、家族を再編し、構築するのが好きでした。身の回りを、好きな女性（それも血縁のない）だけで固めていく傾向があったのです。

女性でも気に入らない者は、そっと排除しました。兄さんの最初の奥様の千代《ちよ》さんは、長女の藍子さんとともに、作家の佐藤春夫《さとうはるお》氏のところに差し出された形になりました。世に言う「妻譲渡事件」です。二番目の妻、丁未子《とみこ》さんも追い出されました。こんな時の兄さんは、実に冷酷で強引でした。

清一も私たち夫婦の養子となったのですから、谷崎の一族には違いないのですが、自分の直系からはうまく押し出した形になっています。

兄さんは、要らない者や邪魔者にはこうした仕組みを考えだしますが、「家族」となった者たちには優しく、困窮している者には援助も惜しみませんでした。

私ども姉妹も、兄さんに興味を抱かれ、愛され、庇護されてきたのです。でも、末の妹の信子《のぶこ》だけは、兄さんの気には入りませんでした。信子が職業婦人として独立し、性的にも自由で、男の庇護を必要としない新しい女だったからです。こうした好悪《こうお》の激しさも、兄さんの特徴であります。

「つまいもうと」の歌が詠まれた二年後の昭和二十八年、千萬子が清一の子を産みました。兄さんは、女の子の誕生を喜んで、自ら「のゆり」と命名し、実の孫以上に可愛がったのです。

　妻とその妹、妻の娘。私たち三人は一団となって、絶対権力者の兄さんを支えていました。そこに、新しい二人が加わりました。現代的な風を吹き込んでくれる若い嫁と可愛い赤ん坊。そして、谷崎家の家事を担い、兄さんに仕える女中たち。

　昭和二十年代後半に、兄さんを頂点とする理想的な家族王国がようやく成立したのです。その家族王国は、兄さんの創作を支える、妖《あや》しい想念の宝庫でもありました。

　兄さんの今日の名声を決定づけた『細雪』は、私たち四姉妹がモデルになった小説です。私を描いたとされる三女の「雪子《ゆきこ》」について、下巻にこんな描写があります。

> 大阪まで省線電車で一緒であった貞之助《ていのすけ》は、向う側にかけた雪子の姿をしげしげと見守りながら、「若いなあ」と、いまさらのように幸子《さちこ》の耳元で嘆声を発したが、ほんとうに、これを三十三の厄年《やくどし》の人と見る者はないであろう。細面《ほそおもて》の、淋しい目鼻立ちのようだけ

れども、厚化粧をすると実に引き立つ顔で、二尺に余る袖丈の金紗《きんしゃ》とジョウゼットの間子《あいのこ》織《おり》のような、単衣《ひとえ》と羅衣《うすもの》の間着《あいぎ》を着ているのが、こっくりした紫地に、思い切って大柄な籠目崩《かごめくず》しのところどころに、萩と、撫子《なでしこ》と、白抜きの波の模様のあるもので、彼女の持っている衣裳の中でも、分けて人柄に篏《は》まっているものであった

私が地味な顔立ちであるのは、まことにその通りなのですが、実は衣裳だけは派手好みだったのです。

「雪子」は、あまり本音を言わない控えめな三女として、四女の「妙子《たえこ》」のアプレゲールぶりと対照的に描かれています。でも、本当は芯が強く強《した》かで、衣裳などでさりげなく自己主張していることを、兄さんは見抜いておられました。

私が誰よりもよく描かれていることよりも、兄さんが私の本質を見抜いていたことが、私は嬉しくてなりませんでした。

兄さんは、姉の松子と付き合い始めた頃、松子に霊感を得て、『盲目物語』や『春琴《しゅんきん》抄《しょう》』を書いたと言われています。そして、今度は私が中心の『細雪』。私ども姉妹が、兄さんの芸術的感興を刺激しているのだと言っても、過言ではありますまい。大切にされるのには、それなりの理由があります。

『細雪』は下巻が昭和二十二年に『婦人公論』で発表され、すぐさま大評判となりました。翌年出版された本は売れに売れ、映画化の話も舞い込んでまいりました。

読者は、私を「雪子」と見なして感心してくれましたが、それと裏腹に、妹の信子は素行の悪い「妙子」その人と思われて、面白くないことの方が多かったようです。

それに、文中に「御牧実《みまきみのる》」という名で登場する、「雪子」と結婚する男は、どう考えても私の夫、田邊弘その人でした。

田邊は、作州津山藩の藩主の息子、松平康民《まつだいらやすたみ》の三男で、兄の康秋《やすあき》氏が子爵を継いでいました。

しかし、田邊自身は多趣味多才ゆえに腰が定まらず、定職を持てない生活を送っていたのです。四十三歳になるまで妻を娶《めと》れなかったのも、それが原因でした。

田邊に定職がなくても生きていけたのは、もちろん親の資産があったからですが、家庭を維持するだけの、安定した収入を得られるような人ではありませんでした。職探しにおいても、兄さんは骨を折ってくれたのです。

平素、兄さんに頭が上がらず、感謝していた田邊ですのに、不快そうに顔を歪《ゆが》めたのは、兄さんから送られてきた『細雪』を読んだ後のことでした。

「これじゃ僕は、たいしたことのない男みたいじゃないか。信ちゃんも蓮《はす》っ葉《ぱ》で、だらしのない女に書かれているね。奥畑というのは、小津清之介のことだろう？　奥畑もダニに書かれている。みんな、重子と松子姉さんの引き立て役になっているのはどうしてだい。なかでも、何で重子だけが魅力的に描かれているんだ」

そう言って、ウィスキーを生《き》で呷《あお》るのです。

私たちは夕食の時から、ビール、白葡萄酒《しろぶどうしゅ》、ウィスキーとかなり飲んでいましたから、互いに呂律《ろれつ》の回らない口で口論しました。

「あたしは『雪子』と違います。小説は、本当のことをそのまま書くわけやないんやから」

「何だい、そんなことわかってるよ。馬鹿にするなよ。でも、あの先生は想像力で書くことなんかできないんだろう。どれもモデルを決めて、その女を観察して書いているんだ。同じ作家でも、芥川龍之介《あくたがわりゅうのすけ》なんかと全然違うよ。芥川は想像力だけで書いている」

「そんなことはあらしまへん。兄さんは素晴らしい小説家ですよって」

私はいささか気を悪くして反論しました。兄さんを悪く言われて腹立たしかったのです。

「いや、想像力が欠如しているんだ。それに、結末が気に入らないね。どうして、結婚を決めた『雪子』の下痢《げり》が治らないんだよ。まるで御牧との結婚で不幸になることを予言しているかのようじゃないか」

田邊は強い口調で言い返しました。目が怒りで染まっているのを見た私は、夫を警戒して後退《あとずさ》りました。

「本当のことと嘘と混ぜるのが小説やて、姉が言うてました」

「へえ、じゃ僕の部分は、どこが本当で何が嘘なんだ？」

「そやない。御牧実という人物が、そもそも想像上の人物なんや。そやから、あんさんのことを書いているわけやないのんよ」

「いや、どう見ても俺だよ。しかも、俺との縁談は最上のものと申すのではない、とある」

「小説の中の話やないの」

私が眉を顰《ひそ》めると、田邊はからかうように言いました。

「重子は酔うとよく喋るね。皆の前じゃ、おとなしく猫を被《かぶ》っている癖に。うまく誤魔化《ごまか》せていると思っているのだろうが、俺は違うよ。騙《だま》されない」

田邊は笑いながら、『細雪』を後ろに放ったのでした。

「そんなことせんといて」

私が本を拾おうと身を屈《かが》めると、いきなり背中に拳固《げんこ》が当たりました。思いがけない衝撃に、私は蛙《かえる》のようにみっともなく床に這《は》いつくばりました。

心の中は、ああ、また田邊の悪い虫が姿を現した、やめてください、消えてください、と祈るような気持ちでした。田邊は酒癖が悪く、泥酔すると、私や一緒に住んでいた清一を殴ることが多々あったのです。

「ともかく、兄さんの悪口はいやや」

「いやに谷崎を庇《かば》うね。おまえ、谷崎と関係あったんじゃないか？」

私はさすがにきっと顔を上げました。

「兄さんは、松姉ちゃんのご主人やない。なんでそんな下卑《げび》たことを考えるのか、あたしにはわからしまへん」

田邊は私が拾った本を指差しました。

「こんなにおまえをよく書くのは、何か理由があるんだろうさ」

「下司《げす》の勘繰りや」

私が怒鳴ると、田邊がウィスキーのグラスを投げ付けたため、グラスの割れる派手な音がしました。

「どうかなさいまして？」

女中のキミが驚いて飛んで来ましたが、その顔に怯《おび》えがあるのを認めた私は、兄さんの成功が、私たち夫婦の間で新たな嵐を呼んでいる、このことを兄さん夫婦の耳に入れてはいけない、キミにも口止めしなくては、と思ったことでした。

田邊が急に体調を崩し、胃癌《いがん》で余命半年の診断が下るのは、その僅《わず》か七カ月後でした。兄さんが口を利《き》いてくれてあちこちの名医にかかりましたが、その甲斐なく、田邊が亡くなったのは、昭和二十四年十月十五日。

兄さんが文化勲章を受章したのは、その翌月でした。


人の世のまことそらごとこきまぜて文作りしを嘉みし給ふか

文化勲章を頂いた時の、兄さんの歌です。「まことそらごと」ではありますが、「そらごと」でも、どこか本質をとらまえている部分が、モデルにされた人間の魂を傷付けるのです。それに耐えられなければ、小説家になど近付いてはいけないのかもしれません。

もちろん、兄さんは私たち「家族」をそんな目には遭わせません。兄さんが悪く書かないからこそ、兄さんの家族なのです。

こうして私たちは兄さんを立て、守りながら、兄さんの書く作品世界から自分たちをも守っていたのかもしれません。

しかしながら、兄さんの作った「王国」は、内部から少しずつ崩壊していきました。千萬子という若い女が入ったことによって。

その均衡を最初に破ったのは、他ならぬ兄さん自身でした。兄さんの芸術的興味は、『細雪』を完成させたことで、私たち姉妹から移ろい始めていたのです。

2

清一の嫁となった千萬子は、気位《きぐらい》が高く、気の強い娘でした。

清一と結婚することが決まり、潺湲亭に挨拶に来て最初に放った言葉はこうでした。

「こちらにはいいお茶室があるのに、お使いにならないのは勿体《もったい》ないことですわね」

これには、松子姉と私は顔を見合わせて苦笑する他ございません。

千萬子が潺湲亭に来たのは初めてではなかったのです。

数年前、フランス人ピアニストのラザール・レビーさんが来日されて、京都の日仏《にちふつ》会館で演奏されたことがあります。

その際、レビーさんのお弟子《でし》さんが、「レビーさんの奥様がお茶に興味をお持ちです。

美しい潺湲亭のお茶室で、奥様にお点前《てまえ》をして頂けませんでしょうか」とお願いをされたのです。

「よりによって、お茶かいな」

松子姉が戸惑った顔で、兄さんを見上げたのを覚えております。

私たち姉妹は、娘時分から本を読《よ》み漁《あさ》るばかりで、お茶やお花の嗜《たしな》みはありません。ですから、潺湲亭には立派なお茶室がありましたのに、ほとんど使わず仕舞いだったのです。

松子姉はやむを得ず、知り合いの山伏病院の院長夫人に、お点前をお願いすることにしました。院長夫人はふたつ返事で引き受け、お嬢さんを連れて来てくださいました。それが、千萬子でした。

千萬子の着物はたいそう豪華で美しく、若い千萬子によく似合っていました。群青色《ぐんじょういろ》の地に、白と臙脂色《えんじいろ》で桜と紅葉《もみじ》が染め抜かれ、その上から金糸で刺繡《ししゅう》がされていました。龍村《たつむら》の帯も、着物によく合っていましたっけ。

「何て美しいのでしょう」

レビー夫人がびっくりされて、刺繡に指で触れておられたのを覚えております。千萬子は羞《は》じらいもせずに堂々と立ち、頼まれもしないのに、くるりとひと回りして見せていました。

千萬子は、当時十九歳でしたでしょうか。美人と言うよりも、吊った目とめくれた唇が印象的な、なかなか魅力的な顔立ちをしておりました。

でも、何が気に入らないのか、私どもに愛想笑いのひとつもしないので、いつの間にやら、皆で若い千萬子のご機嫌を取るような流れになっていたのを思い出します。

お母様の山伏夫人がはらはらなさっているのを見て、あんな我《わ》が儘《まま》な娘を持って気の毒なことだ、と同情したほどです。

兄さんも、茶席の後、松子姉に「意地悪そうな娘じゃないか」と、面白そうに感想を述べたと聞いております。ですから、その時はこの娘が清一の嫁になるなんて、思ってもいませんでした。

松子姉の長男、小津清一は、東京は目黒《めぐろ》の祐天寺《ゆうてんじ》に構えた、私と田邊弘の新居に一緒に住んでおりました。他に、女中のキミと一匹のテリア。清一はそこから、日本大学理工学部に通ったのです。

清一も、兄さんにそっと「押し出された」人間です。東京で勉学に勤《いそ》しませる、という名目が兄さんにとっては、一番都合がよかったのでしょう。しかも、叔母である私の家にいることで、監視も援助もできるのです。付かず離れず。そっと押し出すけれども、見捨てはしない。それが清一に対する兄さんのやり方なのでした。

私は田邊との結婚を最後まで躊躇《ちゅうちょ》していました。それは、田邊の人となりが不安だったというより、兄さんと松子姉の輪から押し出されたくなかっただけなのかもしれません。そして、誰にも言ったことはありませんが、兄さんの仕事にとって、私の存在はなくてはならぬものだという自信も、密かにあったのです。

しかし、結婚というものは、してみないとわかりません。戦中はあれほど田邊を厭《いと》い、兄さんや松子姉のそばで暮らしたいと願っていたにも拘らず、男女の情けというものを知ってしまうと、思いもかけない慈しみの気持ちが生まれてくるものなのですね。田邊が亡くなったのは、私がちょうどそんな風に変わり始めた頃だったのです。田邊の死によって、私はまたしても、兄さんの王国の一員とならざるを得ませんでした。

兄さんの家族王国。私は帰るべき場所に戻ったのでしょうか？　いいえ、私はすでに、兄さんの王国が常に変化し続けていることに気付いていました。果たして、私の居場所はあるだろうか？　なくても、私は松子姉の隣にそっと座り続けるしかないのです。私は孤独で、誰も頼れる人がいないのですから。その時の複雑な気持ちは、おいおいお話ししていきたいと思います。

清一の話に戻しますと、清一は道楽者の実父、小津清之介の血を色濃く引いておりました。体格もよく、ダンスやスキーなどの遊興が大好き。また、それを得意としているのでした。ダンスは大会で優勝したほどの腕前でした。

そんな清一が、茶会以来、山伏病院に足繁《あししげ》く出入りしていたとは露知《つゆし》らず、どこかでおとなしいお嬢さんを見繕《みつくろ》って、所帯を持たせなければ、と松子姉と暢気《のんき》に相談などしていたのでした。

ところが、清一は毎日のように山伏病院に遊びに行き、千萬子を誘ってはダンスホールで踊ったり、ドライブに出かけたりしていたようなのです。千萬子もああ見えて、遊ぶのが大好きな現代娘でした。それで一気に結婚話になり、千萬子は学生の身で結婚することになったのでした。

清一と千萬子の結婚が、思《おも》いの外《ほか》早まったのは、田邊が亡くなって、跡継ぎを見付けねばならない、という切迫した状況のせいでもありました。

清一を養子に、と決める前は、田邊家の係累で誰か適当な者はいないかと調べてもいました。清一は私の甥《おい》ですから、徳川家の血を引く弘の養子とするには、本家に申し訳ないと思う遠慮があったのです。

他に適当な男子もおらず、結局、清一を養子にすることになりました。それで清一は、小津清一から田邊清一になったのです。

山伏病院の方では、千萬子を清一に嫁がせることに反対だったと聞いております。それはそうでしょうとも。病院を継がせるために、千萬子と若い医者を結婚させる方が好都合なのですから。

結局、院長夫婦に結婚を許して頂いたのは、私どもの背後にいる「谷崎潤一郎」の名が大きかったようです。

千萬子だとて、谷崎の係累に嫁に行くのは、敷かれたレールの上を行くつまらない結婚よりも魅力的に映ったことでしょう。ええ、あれはそういう娘です。

そんなわけで、清一と千萬子は、私どもと一緒に潺湲亭に暮らすことになりました。そのために、兄さんは離れを改装させました。

離れの改装については、こんな経緯がありました。

新婚夫婦が最初から潺湲亭に住む、とは決まっていなかったのです。できれば、二人だけで近くに住みたい、というのが清一たちの希望であったからです。

近所に貸家が出たと聞いて、私と松子姉とで見に行ったことがあります。元は、役人の家だということでした。二階家で、少々古いのと日陰に建っているのが気になりましたが、大きさは適当なのではないかと思い、清一たちに勧めました。

ところが、その家を見に行った千萬子が「どうしてこんな家に住まなければならないのか」と、泣いたというのです。

松子姉が驚いて清一に理由を聞きに行くと、千萬子の言い分は、「見るからに陰気で気が滅入る」というものでした。

すると、兄さんが動きました。兄さんは潺湲亭の奥にあった離れに目を付け、風呂場や台所を改装させて、新婚夫婦に住まわせることにしたのです。

兄さんは、常々、清一とは距離を置きたがっていました。清一があまりにも、松子姉の元夫、小津清之介に似ていたからです。でも、千萬子には興味を抱いていましたから、若夫婦を自分の目の届く場所に住まわせたかったのだと思われます。

しかし、千萬子は、潺湲亭に住むことになっても、感激した様子など微塵《みじん》も見せませんでした。ひたすら、あの近所の貸家よりはマシ、という態度を取っておりました。

ちなみに潺湲亭は、「後の」と付けられておりますが、南禅寺《なんぜんじ》にあった「前《さき》の潺湲亭」よりも遥かに広く、総面積は約六百坪。もともとは商家の隠居所として作られた瀟洒《しょうしゃ》な家でした。

下鴨神社の境内《けいだい》に接して、糺の森の中を走る瀬見の小川を越えたところにあります。環境も素晴らしいのですが、何と言ってもお庭が美しいのです。

潺湲という言葉が、水の流れる様を表すように、こんこんと湧き出る水が庭園の中に巡らされ、吟味された庭木、池に架かる橋、置かれた石のすべてに美が宿っていました。

兄さんに感想を聞かれて、松子姉と私は、母屋《おもや》の個室が少ないことなど、家としての使い勝手がよくないと意見はしましたが、潺湲亭にひと目惚《めぼ》れした兄さんは聞き入れませんでした。

そもそも兄さんは家が大好きで、引っ越し魔。気に入った家があると、まるで玩具のように簡単に買い求めて引っ越したがるのです。

私の夫、田邊弘も潺湲亭を見せられて意見を聞かれ、「是非、お買いになった方がいい」と、兄さんに勧めていました。夫は、家具などの木工を得意としておりましたので、兄さんも夫の審美眼には一目置いていたようなのです。

それほどの家でしたのに、憎たらしいことに、千萬子は潺湲亭程度では感動なんかしない、という態度を貫いていました。千萬子の祖父、本橋寿雪翁《おう》の「冬花村荘《とうかそんそう》」に幼い頃、住んでいたことがあるからだ、と言うのです。

冬花村荘は、大文字山《だいもんじやま》を借景とした三千坪に及ぶ、池泉《ちせん》回遊式庭園です。確かに、六百坪程度の大きさで素晴らしい庭だと喜んでいた兄さんは、寿雪翁に比べて、小さく思われたのかもしれません。

千萬子には、本橋寿雪の孫娘だという自尊心が心の底に叩き込まれているのです。幼い頃から超一級のものに囲まれ、味わってきた経験が、千萬子を高慢に見せてしまうのでした。

私は、千萬子のそういう部分、つまり自分に自信があるところがとても苦手でした。私たちは、男の人の前では自分の意見などあってもすぐには言わず、まずは男の人を立てるように躾《しつ》けられていました。でも、千萬子は嫁の分際でありながら、まるで女王のようだったのです。

そんな私の屈託が伝わったのでしょうか。千萬子のきつい眼差《まなざ》しが向けられるのは、どういうわけか松子姉ではなく、陰に引っ込んでいるはずの私に、なのでした。千萬子とはとかくウマが合わなかったのです。

でも、それは千萬子が好戦的だったということではありません。千萬子の自尊心や若さが、私たちの旧弊な暮らしぶりに批判的に向けられたのだと思われます。

例えば、美恵子と千萬子はほとんど同じ歳なのに、千萬子はちっとも打ち解《うと》けようとはしませんでした。

ある日、千萬子が小さな本を持っているので、美恵子が聞きました。

「千萬ちゃん、何読んでんのん」

「ミステリイよ」

美恵子は首を傾《かし》げて尋ねました。

「ミステリイて？」

「海外の推理小説のこと」

「推理小説て、例えばどんな？」

美恵子の問いに、千萬子は笑いながらこう言うのです。

「伯父様に聞いてみたらいかが」

千萬子の言う「伯父様」とは、兄さんのことです。あたかも、自分が作家である兄さんと同等であるかのように言い放つ千萬子に、谷崎の「娘」である美恵子が、不快の念を抱いたとしても仕方ありますまい。

ところが、兄さんには、そんな千萬子が新鮮に映ったようなのです。私たちの一番下の妹も、自分の意見を持って、一人で生きる道を切り開いた新しい女でした。でも、どういうわけか妹は兄さんに嫌われ、千萬子はその自尊心の強烈さが「面白い」と好かれた。兄さんにとって、妹は私たち四人姉妹のいる古い世界に属している女で、千萬子は新しい風を吹き込む、新世代に思えたのでしょうか。私には、まったく不公平な扱いに思えました。

離れに住んでいる千萬子は、食事は母屋で取ることになっていました。朝早く清一を見送った後、兄さんと一緒に母屋の居間で朝食を取っていたのです。

その時間を、兄さんは楽しみにしていたようです。千萬子と海外文学について語ったり、スキーの話をしたり、千萬子の友人たちの噂話を聞いたり。兄さんにとっては、新しい刺激であったに違いないのです。

でも、松子姉と美恵子と私は、そんなことも知らず座敷で寝ていました。起きるのは十時過ぎで、それから着物を選んだり、化粧をしたりで、居間に出て行くのは十一時頃になります。

そうしますと、お昼ご飯を食べに来る千萬子とばったり顔を合わせることもありました。

「おはようございます、でよろしいんでしょうかしら」

その顔に浮かんだ呆《あき》れた表情を、私は忘れることができません。千萬子は、松子姉と私が何をすることもなく、だらだらと日常を過ごしていると馬鹿にしているのでした。

私たちの時代の良家の「奥さん」というものは、家の中のことなどすべて女中に任せて、家の「奥」に引っ込んで何もせずにのんびりと構えているものなのです。千萬子はそんなことも知らないで、私たちを非難の目で見る。

「何と可愛げのない嫁やろう」

私は内心そう思いました。

　でも、松子姉に愚痴《ぐち》をこぼしても、困った顔をするだけで何も言いません。松子姉は自分を鷹揚《おうよう》に見せる術《すべ》に長《た》けていました。内心気を揉《も》んでいても、にこにこと穏やかなふりができるのです。さながら、生まれついての女優でした。女中たちにも小言《こごと》は言わず、好きにさせていましたので、女中たちに細かい命令を下したり、叱るのも私の仕事となっていたのです。
　私も、姉の演技を見習うべきだと反省し、千萬子に対してはむっとしても、なるべく顔に出さないなどの努力をするようにいたしましたが、そのうち同じ家で過ごすことにどうにも我慢ができなくなり、兄さんたちが熱海《あたみ》の別荘に行く時は、誘われなくても付いて行くようにしました。

3

　兄さんは小説家ですから、人物を見る目は、凡人のそれとはまったく比べものにならないほど、深く厳しいものがありました。

例えば、私どもの末の妹、信子について、兄さんがどういう人物評価を与えていたかは、『細雪』を読んで頂ければ、如実におわかりになるはずです。

『細雪』にも書いてありますので、隠さずに言いますが、信子は、小津清之介と駆け落ちをしたことがあるのです。

小津清之介は、大阪の繊維問屋、小津商店の跡取り息子です。「船場《せんば》の坊《ぼん》ち」とはよく言ったもので、苦労知らずの道楽者なので、何を考えているのか、すぐ悟られてしまう、甘いところがありました。若い頃から遊び慣れておりますので、そうそう人当たりは悪くないのですが、安易に欲に流されてしまうのです。

それが証拠に、稲荷山《いなりやま》の遊園地や、靱《うつぼ》公園の土地、さらにたくさんの別荘を所有していた「小津商店」の身代を潰してしまったではありませんか。それはすべて、清之介の濫《らん》費《ぴ》と怠惰のせいなのです。

夫としても、落第でした。まず、女遊びがやめられない。あちこちの芸者と遊んでいたとの噂も聞きましたし、信子との駆け落ちもそうです。それればかりか、松子姉とうまくいかなくなると、家では松子姉に手を上げることもしばしばあったようです。

田邊も大酒すると、私や清一にひどく当たって、小突いたり、殴ったりすることがありました。でも、兄さんは、一度たりとも松子姉に手を上げたことなどありませんし、声を荒らげることもしませんでした。

兄さんは、フェミニストと自称しておりました。女に威張る男、女を殴る男というものを、心底軽蔑していたのです。もっとも、最初の奥様の千代さんとは、大変な喧嘩をしたと聞いていますので、若い時分のことはわかりませんが。

清之介は、別れた後も松子姉に付きまとって、質《たち》の悪いいたずらをしたことも多々あるのです。

ある日、皆で芝居見物に行ったところ、場内アナウンスが流れました。「小津松子様、小津松子様、小津清之介様がお待ちです」と。これには松子姉も憤慨しました。すでに離婚した相手を、公然と辱《はずかし》めて平気なのですから、まことに性質がよろしくない。

とはいえ、清之介は清一と美恵子の実父です。私どもも、子供たちの前では清之介の悪口は努めて言わないようにしていました。

そんな男に騙されて駆け落ちまでしたのですから、信子の幼さがわかる、というものではありませんか。曲がりなりにも、清之介は義理の兄だった人です。一時の迷い心とはいえ、二人で松子をどこまで傷付けるつもりなのか、と兄さんが怒りを感じたのも無理はありません。

『細雪』には、私がモデルとなった「雪子」が、妹を貶《けな》すシーンがあります。

『一体こいさんが少し、低級なとこあるのんと違うやろか』

その言葉を聞いて、姉の「幸子」が、いつもは控えめな「雪子」がこれだけはっきり言うからには、下の妹と「板倉《いたくら》」の結婚については、自分より反対の度合いが強いのだな、と悟るのです。

兄さんがここまで書いたのは、信子が階級的に下の男を好むということではなく、人間としてやや「低級」なのではないか、という疑念からなのでした。その峻烈《しゅんれつ》な不信を、「幸子」ではなく、「雪子」に言わせているのです。

実際、私の縁談がことごとく壊れたのは、信子の悪い評判によるところも多かったですし、自分勝手な信子に対する不信は私にもありました。信子は可愛い妹ですが、許せないこともあったのです。

姉妹というのは、不思議なものです。四人もおりますと、気の合う者、合わない者とがはっきりします。

長女の朝子《あさこ》姉は歳が離れていますし、子供が七人もいますので、自分の家族の世話にかかりっきりでした。信子はご存じのように、一事が万事、自分中心に動く人で、道徳的にもやや低いところがあります。

私は、四歳上の松子姉だけが大好きで、母親のように慕っていたと言っても過言ではありません。当然、松子の夫、兄さんは父親以上の大きな存在だったのです。

兄さんからしてみると、私ども姉妹の相手する男は皆、男としても、人間としても「低級」なのではないか、と考えていた節があります。

『細雪』は、朝子を除いた、私たち三人姉妹の物語と言ってもいいかと思いますが、その姉妹の相手が、兄さん以外はことごとく「低級」だという証明をしているような作品でもあるのです。

言うまでもなく、「奥畑の啓坊」は小津清之介がモデルですし、末妹の「妙子」が奥畑と両天秤《りょうてんびん》にかける「板倉」は、あるレストランの経営者。そして、「雪子」が結婚することになる「御牧実」は田邊。

私は、『細雪』で初めて、兄さんの真意がわかったような気がしたのです。兄さんは、私の夫である田邊弘を認めてはいない、と。

確かに――田邊が持っていたものは、ただひとつ、徳川家斉《いえなり》の曽孫という血統のみでございました。それも田邊が努力して得たものではありません。そんな人と私は結婚し、十年にも満たない短い結婚生活を送ったのです。

初めて会った時、田邊は四十三歳でした。

もっとも、私だとて、降るようにあった縁談を断ったり断られたりしているうちに、すでに三十三歳になっていました。

当時、三十三歳の未婚の女は、「行かず後家《ごけ》」などと言われ、家事の手伝いなどさせて貰《もら》いながら、肩身狭く生きるしかない、惨《みじ》めな存在でした。だから、結婚したくて焦《あせ》っていたのか、と問われれば、頷《うなず》く他はありません。

誰にも気兼《きが》ねなく所帯を切り盛りし、子供も何人か持ちたい、と願うのは、女であれば当然かと思います。千萬子と違い、私は娘時代の教育のせいで、人前ではあまり意見を言うことはいたしませんが、家庭を運営してゆく能力には長けていたのではないか、と思うのです。

その頃の私は、東京の長姉のところ、つまり森田《もりた》家本家に養われる身分でした。ちなみに、姉の朝子は森田家を継いでいて、朝子の夫は婿養子です。森田家には子供が七人もおりますので、私は邪魔者で小さくなっていました。

それに、京阪《けいはん》育ちの私にとっては、文化も違い、頼りになる松子姉夫婦も、仲の良い友達もいない東京暮らしは、寂しくて辛《つろ》うございました。

松子姉や兄さんたちと一緒にいれば、観劇や買い物、花見や茸狩《きのこが》りなど、楽しみや季節の催しもたくさんあって、愉快に暮らせたからです。

そこに、四十三歳になる津山藩主の息子が嫁を貰いたくて探している、という話が舞い込んできたのです。

四十三歳で未婚とはどういうわけか、と聞いてみると、驚くべき経歴の方でした。

何でも東京で生まれ育ったために、華族の行く学習院を出て、東大の理科に在学したこともあるらしいが、絵が好きなので、中退してパリに行き、しばらく絵を習っていた。フランス料理を習ったこともあるけれども飽きて、今度はアメリカに渡り、州立大学で工学の勉強をした。

その大学を卒業したのは確かだが、日本には帰らず、アメリカ各地だけでなく、南米やメキシコを放浪し、送金が途絶《とだ》えたためにコックやボーイの仕事までしたそうな。

結局、工学の方は諦《あきら》めて、また絵に戻り、木工の勉強をして帰朝した。日本に帰ってからは、遊び半分に木工業を始めたが、これが案外評判がよく、工場を構えるまでになったものの、戦争が始まって仕事が少なくなった——。

こんな目まぐるしい経歴なのでした。仲人《なこうど》の話を聞いても、田邊という人に何となく感じるのは、どれも長続きしないのではないか、という不安でした。財産も、学生時代に十数万円を貰って、すぐに蕩尽《とうじん》してしまったというではありませんか。

そんな人と結婚して、どうやって生活していけばいいのでしょう。

私は例によって、はっきりと口には出しませんでしたが、田邊と結婚した場合、どんな生活が待っているのか、心配でなりませんでした。

しかし、見合いの日は近付きます。まずは芝居の席で遠くから眺める、という算段になっておりました。

松子姉や信子がその日のために上京しました。すると、芝居の前日、仲人のホテルの部屋に、田邊さんが遊びに来ているから、皆さんでどうぞ、と誘われたのです。田邊とは思いもかけない形で、初顔合わせすることになりました。

私どもがよそゆきに着替えて、ホテルの部屋に伺いますと、ドアを開けてくれたのが田邊でした。

「やあやあ、これは皆さんお揃いで。どうも初めまして、田邊でございます」

田邊は、短軀《たんく》のやや肥満した男で、髪も薄くなっていました。恰幅《かっぷく》がいいので、風采《ふうさい》が上がらないというわけではないのですが、私は何となく違和を感じて目を伏せました。

違和の正体とは、田邊の顔や表情が無理をして作り上げているような不自然な気がしたのです。明るい笑顔、私たちを見比べては、大仰《おおぎょう》に驚嘆してみせる様、真っ白な歯並び。

「ご婦人方、さあさ、どうぞご遠慮なく、中にお入りになってください」

まるで映画に出てくる執事のように、慇懃《いんぎん》に手を差し伸べる仕種《しぐさ》。

兄さんは、『細雪』で、「奥畑」について、わざとゆっくり喋って自分を鷹揚に見せようとする、というようなことを書いていました。私は田邊に、それと似たわざとらしさを感じたのです。いいえ、田邊の場合は、わざとらしさというより、芝居がかっている、と言った方が正確かもしれません。

でも私は、この方は私たちと初対面だから、上《うわ》ずっておられるのかもしれない、となるべくよく考えようと思い直したのも事実です。若い頃は選ぶのにも苦労したほど、あまた持ち込まれてきた縁談も、この頃にはすっかり途絶えてしまっていましたから、何とか松子姉と兄さんに色よい返事をして安心させてあげたい、という気持ちが強くあったのです。

また、信子が当時付き合っていた男と、いずれは結婚を考えていることも、私の背中を後押ししました。

信子が自分より「低級」なお相手を選ぶのだったら、私は華族のお相手を選んでみせよう、という。いいえ、これは決して信子のお相手を貶《おとし》めるつもりではありません。あくまでも、信子に対する対抗心から出た気持ちなのでした。本当に姉妹というのは、面倒なものです。

その夜、田邊はホテルのボーイに命じて、ウィスキーの角瓶を持って来させました。私たちには菓子を勧めて、自分は生でちびちびと飲んでおりました。

飲むほどに口が軽くなり、私たちにいろいろなことを話してくれました。京都に住むなら、嵯峨野《さがの》か南禅寺がいいとか、日本建築の素晴らしさはアメリカで知った、何と言っても桂離宮《かつらりきゅう》だ、などそのようなことです。

話すうちに、最初に感じたわざとらしさも消えて、私はずいぶんと明るい人だと好印象を持ちました。ただ、その明るさが、酔いからくる狂騒のように感じられる瞬間もあって、よくわからないというのが結論でした。

「重ちゃん、どない思う、あの方?」

私たちのホテルの部屋に着いた途端、松子姉が聞きました。部屋に着くまで質問を心の中で抑えていたらしく、一気に吐き出すように尋ねるので、思わず笑ってしまいました。

「そやね、楽しい方やと思たわ」

「もっと経歴について聞いてくればよかったと思うけど、それはまた調べなあかんわね。もし、重ちゃんが田邊さんと結婚することになったら、お兄様の康秋さんはあんたらに家を買ってくれるやろか。それが結婚の最低条件やね。生活費はなんぼくらい出してくれはるんやろう」

松子姉はそんな具体的な心配をするのでした。もちろん、当時の女にとって、結婚は食べてゆく手段ですから、今と同程度の生活ができるかどうかは、大事な問題だったのです。

「今、何の仕事をしているのか、とうとうはっきり言わへんかったね。怪しいわ、あれは」

　信子が靴を脱ぎながら、言います。

　松子姉と私はほとんど着物で過ごしていましたが、信子は洋装も好きでした。また足首がまっすぐで細いので、スカートがよく似合うのです。

「きっと何もしてへんのや。いっさい喋《しゃべ》らへんかったもん」

　私は暗い気持ちで答えました。

「そやかて、それは何とかできるやろから、ともかく、重ちゃんの気持ちが一番や。どないやの。正直に言うてや」

　松子姉が「何とかできる」と言うのは、兄さんの力で就職先は見付けるから、という意味です。松子姉が、この縁談に乗り気だということは、そのひと言でよくわかったのです。

　私が何と答えようかと唇を噛《か》んでいると、松子姉は俯《うつむ》いた私の顔を覗《のぞ》き込むようにして言いました。

「急《せ》かすことはせえへんよ。急かさへんから、いつかは本当の気持ちを言うてや。嫌なら、もう会わんようにするし、もう一度会《お》うてもええなら、先方に伝えるから。どうする？ええ？」

姉にしつこく言われて、私はようやく頷いたのでした。

「そら良かった。ほっとしたわ」と、松子姉が破顔一笑したのが印象的でした。

4

田邊と私が式を挙げたのは、昭和十六年四月二十九日、天長節の日でございました。

私は「降られ女」と兄さんにからかわれるほど、何か気の張る日には雨に降られることが多いのですが、お式の日もその例に洩れず、雨のそぼ降る陰鬱《いんうつ》な日でした。

私は何となく、この雨が結婚の行く末を暗示しているような気がして、気が重くなっていました。でも、松子姉も兄さんもたいそう喜んでくれているので、私の中の一抹の不安は何とか消し去るように努力しました。

一抹の不安というのは、田邊の人となり、でした。

結婚が決まってからも何度か会ってはいましたが、私がもっとも気になる仕事の話をしても、田邊は誤魔化してばかりで、真面目に話をしようとしないのです。そのうち私は、田邊は仕事をしたくないのではないか、と疑うようになりました。

結婚前は家具工場のようなものを開いて、細々と注文を受けていたようですが、戦時中ということもあって仕事がなくなり、私と結婚する時には休業状態だったのです。でも、金がないと泣きつけば、不承不承でも兄の康秋氏が援助してくれますから、それが癖になっていたのだと思われます。加えて、田邊が話してくれた真の経歴も、私には衝撃でした。

田邊は学習院中学に行き、その後東大に行って中退した、というような話をしていましたが、よくよく聞けば、東大はおろか、学習院中学を卒業さえしていなかったのです。素行が悪く退学になった、というではありませんか。

「素行が悪かったいうのは、どないなことをしはったんですのん？」

私がおそるおそる聞きますと、田邊は磊落《らいらく》を装って笑いながら答えるではありませんか。

「いや何、たいしたことではありませんよ。僕は腕白坊主でしてね。教師の弁当箱に虫を入れたり、雪玉をぶつけたりしたものだから、それで退学になったのです。もちろん成績も悪かったのですがね」

私は素行が悪いと聞いて、酒や煙草《たばこ》や女遊び、あるいは思想的な問題などを心配したのですが、田邊の答えを聞いて脱力いたしました。「腕白坊主」とはいったいどういうことでしょう。いたずらとやらも、中学生にしては、あまりに子供っぽいように思えました。

父親の康民氏が、それではまだ才能がありそうな絵の道に行くように取り計らい、南画の師匠に日本画を習いに行ったそうですが、それも続かなかったようです。

続かなかったのは海外でも同じ。フランスやアメリカでも学問を修めた学校はおそらくひとつもなく、身に付いた技術も何もないのでした。ボーイやバトラーなど、使用人として働いていたのは聞いていましたが、それもむべなるかな、と思いました。

とはいえ、三十三歳になった私に、選択の余地はありませんでした。信子は、私たちの結婚のひと月前、生田《いくた》神社ですでに挙式を済ませていましたから、森田四姉妹の中で、私だけが嫁がないわけにはいかなかったのです。それに、傍目《はため》には、婚期の遅れを帳消しにするほどの良縁ではありました。

結婚式は、帝国ホテルで盛大に行われました。お式と新婚旅行の費用は、田邊の兄、康秋氏が全額負担してくれました。

私たちは、横浜のホテルニューグランドに一泊した後、京都ホテル、奈良の月日亭《つきひてい》、神戸のオリエンタルホテル、と一流ホテルを二週間にわたって泊まり歩きました。途中で旅費が足りなくなり、康秋氏に送金して貰ったほどでした。

「ええわね、豪華なハネムーンで。楽しかったやろ？　あたしたちなんて、有馬《ありま》温泉に泊まって、ゴルフをしただけや」

信子にはさんざん羨《うらや》ましがられましたが、本当のところは、兄の金で大名旅行をしたい田邊が、私を連れ回しただけで、私自身は松子姉と兄さんのところに帰りたくて仕方がありませんでした。

実は、最初の夜、仰天したことがあったのです。

お風呂から上がって鏡台に向かった私は、髪を梳《と》かしながらベッドを振り返りました。すると、まったく見知らぬ老人がベッドに寝ているではありませんか。

「ひっ、誰」

櫛《くし》を取り落とさんばかりに驚くと、老人がむくりと頭を上げて何か言うのです。「僕だよ」と聞こえたような気がしましたが、もごもごと何を言っているのかわからず、私は逃げようとベッドの裾にあった羽織を摑《つか》みました。

「弘はん、変な人がおるんや」

叫びながら後退り、田邊の姿を探そうとしました。すると、老人が何かを差し出して私に見せました。

「ほら、これだよ、これ」

手の中には、入れ歯がありました。私が啞然《あぜん》としていると、老人はそれを素早く口に押し込みました。田邊がそこにいました。入れ歯を外すと口許《くちもと》が窄《しぼ》んで、面相がまったく変わります。だから、私は老人と見間違えたのです。

「あんさん、入れ歯やったの？」

「ああ。僕は子供の頃からみそっ歯でね。これじゃみっともないと言われて、アメリカで総入れ歯にしたんだ」

そう言って、今度は入れ歯を舌で押し出しました。口からにゅっと入れ歯が出て来たので、私は悲鳴を上げて見ないようにしました。

「ほらほら」

田邊は面白がって、今度は上と下の唇を被せるようにしてうまく塡《は》めました。何度か出し入れをやって見せると、私に得意げに言うのです。

「僕が総入れ歯だなんて、気が付かなかっただろう？」

異様なほどに白く、綺麗な歯並びをしていると思ったことはありました。でも、まさか自分の夫となる人が総入れ歯だなんて、想像したこともありません。

動悸の治《おさ》まった私は、やっとのことで尋ねました。

「ちっとも知らんかった。なんで、最初に会うた時に話してくれはれへんかったん？」

どこか恨むような口調になっていたのかもしれません。

田邊はキャハッと奇声を上げて笑いました。そして、入れ歯を口に納めて、にっと歯を剝《む》き出《だ》して私に見せた後、べらんめえ口調で言いました。

「入れ歯申告をしなきゃって？　冗談じゃないよ。じゃ、あんたは何か申告することがあるのかい？　何、女学校を一番の成績で出たって？　船場の嬢《いと》さんだって？　冗談じゃないよ。そんなことは、アメリカじゃ通用しないんだよ。あっちではね、ジャップはジャップなの。子爵様でもジャップなの。船場の嬢さんでもジャップなの。あんたが行ったって、メイドでもするしかないんだよ」

田邊は何か思い出し笑いでもしているのか、あらぬ方を見ながら軋《きし》むような甲高い声で笑っていました。そして、ベッドサイドテーブルにあった角瓶から、ウィスキーをグラスに注ぎ、生で一気に呷ったのです。

私は、田邊に対する嫌悪感で胸が詰まりました。何という男と結婚してしまったのだろう。涙が出そうでしたが、それでも我慢して子供が欲しいと願いました。ですが、田邊は酒を飲むばかりで、私には一切触れようとはしません。

田邊が一番好きなのは酒で、次に腹いっぱい食べること、それから持ち前のサービス精神で人を喜ばせたり楽しませること、なのでした。しかし、人を喜ばせたとしても、ただそれだけ。中身は何もないのですから、道化と同じ。見ている人間の胸が痛むほどでした。

新居は、松子姉の希望通り、康秋氏が買ってくれました。家は、祐天寺駅から数丁歩いた閑静な住宅街の中にありました。敷地は百坪以上はありましたが、戦時中の規制で、建築は三十坪以内と決まっていましたので、私たちは小さな平屋の家を建てました。

その家で私は、田邊と甥の清一、女中のキミ、そしてベルという名のテリアと暮らしていたのです。

キミは、熱海の別荘の留守を預かっていたしっかり者だからと、兄さんが私たちのために、選んでくれた娘でした。まだ二十歳で薩摩《さつま》の生まれ。訛《なま》りはあまりなく、頭の回転の速い、明るい娘でした。

清一はここから日本大学に通っておりましたが、私は清一がいてくれたことで本当に気が紛れたものです。と言いますのも、田邊は私がおとなしくてつまらない女だと思ったのか、キミに始終ふざけるのです。

台所から、しょっちゅう嬌声《きょうせい》や悲鳴が聞こえてくるのが不快でした。

「旦那様にからかわれても、大きな声を上げたらあかんで。ご近所さんに不審がられるよって」

キミを叱ると、キミは困った様子で俯いて言うのです。

「すみません。でも、お尻を撫でられたりすると、ついびっくりして声が出てしまいます」

「お尻撫でられるのん？」

驚いて聞きますと、キミは頷きました。

「そないなことはせんといとくれやす、とはっきり言いなさい。それでもやめへんようやったら、潤一郎兄さんに言うて、何とかして貰わんと」

「はあ」キミが言いにくそうにもじもじしながら、言いました。「一度申し上げたことがあるんです。そしたら、いきなり入れ歯を外して、その入れ歯をカチカチ手で鳴らしながら、何だって何だってって、迫ってくるんで、私怖くてしゃがんでしまいました」

「あんたにそんなことをする時て、旦那様は酔うてんのん？」

「ええ、たいがいそうです。旦那様が酔って帰った時は気を付けているんですけど、わざわざ女中部屋まで来て、襖《ふすま》を開けようとするんです」

「あたしからも言うておきます。心配せんといてね」

「すみません。ご寮人様《りょうんさん》」

うちでは関西風に「ご寮人様」と呼ばせていました。私も一度は呼ばれてみたかったからですが、その内実は悲しいものでした。

酔って帰った時の田邊は、キミにそんな品の悪いいたずらをしたかと思うと、私と清一を起こして怒りまくります。いったい何が気に入らないのか、バカヤロー、コノヤローと怒鳴り、私の枕を蹴飛《けと》ばしたり、怒った清一と揉み合ったりしたのです。つくづく結婚なんて疲れるばかりで大変だ、と思ったことでした。

次第に、食べ物が手に入らなくなっても、田邊は私や清一にお構いなしに、食べたいだけ食べていました。そのため、私は少なめによそったご飯を一日に二膳ぽっちしか食べられないことも多うございました。

見る見る私は痩《や》せたのに、田邊は肥え太っていきます。田邊は、自分が好きなだけ食べられるのは、他の者が我慢しているからだと気付きもしないのでした。

昭和十七年でしたか。ぶらぶらしている田邊を見かねて、兄さんが就職を世話してくれました。兄さんの長年の親友である沼沢《ぬまさわ》さんが経営しておられる、「沼沢工業株式会社」という会社でした。こちらは、セロファンのようなものを作っている会社ではなかったかと思います。

身に余るお話ですのに、田邊はぶつくさ文句を言うのです。

「どうして僕が、与野《よの》くんだりまで行かなきゃならないんだ」

四十四歳にもなって、こんな愚痴をこぼすのです。私もさすがに呆れて文句を言いました。

「あんさんがお仕事せえへんとお金が入ってきやへんでしょう。もう誰も援助はしてくれはらしませんよって」

兄さんからは、清一の学費とともに、下宿代としてのお金が送られてきていました。そのお金を当てにするような日々では仕方がありません。

正直、我が家の生計は借金に借金を重ねることで成り立っていたようなものでした。借金取りが来たら、追い返したり、居留守を使って誤魔化すのは、どうしても私やキミの仕事になります。そんな時に限って、田邊はどこかに出かけて留守を決め込んでいるのです。

「どうして僕がそんな工場に勤めなきゃならないんだよ」

田邊は、兄さんと沼沢さんには「有難いです、助かります」と平身低頭して喜んでみせた癖に、私には居丈高《いたけだか》に怒るのです。

「お願いやから、就職してお給料を貰うてきてください。もう蓄えはあれしまへんのよ」

再三再四頼むと、ようやく会社に出掛けて行きますが、遅刻するのはまだましで、勝手に休んだり、無断で早く帰ったり、さんざんご迷惑をおかけしたようです。

結局、二年足らずで辞めてしまい、自分で函館《はこだて》の方に新しい仕事を見付けてきました。船渠《せんきょ》会社の工場の現場監督だとか。それが何をするのか、私にはわかりませんでした。いえ、わかろうともしませんでした。私はほとほと嫌気が差していたのです。

「重ちゃんも函館に一緒に行くだろう？　行くよな」

田邊は当然のように誘いましたが、私は頑として首を縦には振りませんでした。すでに敗色も濃厚で、東京の上空にも敵機が堂々と巡回していたりしたのです。いつ何時、大規模な空襲があるやもしれないだけに、私は田邊と運命を共にするよりは、熱海の西山にいる松子姉や兄さんの側にいたかった。

田邊は、発つ間際まで「一緒に行こう」と誘いましたが、私は断り続け、とうとう田邊は一人で函館に旅立ちました。昭和十九年のことです。

私が熱海の西山の家に帰ると、松子姉は心から嬉しそうに出迎えてくれました。

「おかえり」

とうとう帰って来たんだ、と涙が溢《あふ》れました。私は松子姉と兄さん、そして美恵子のいる家の一員なんだと強く自覚したのです。

翌二十年はいよいよ本土空襲が激しくなり、いかな熱海でも食べ物が手に入らなくなってきました。しかも、兄さんが、熱海はアメリカ軍が相模湾から上陸した場合はもっとも危ない、と言いだして、私たちは田邊家にゆかりのある、岡山県の津山に疎開することにしました。

とはいえ、田邊はもともと東京生まれの東京育ちですから、津山には係累はいても親しくしている人はいない、とのことでした。

津山への疎開を四月いっぱいと決めたひと月前、突然、田邊が兄の康秋氏とともに現れました。私を迎えに来たと言うのです。

「函館に行こう。頼むから一緒に行ってくれないか。あんたには酷《ひど》いこともしたかもしれないけれど、たった一人の大事な人だとようやくわかった。一人で函館暮らしは寂しいから、来てくれないか。お願いします」

田邊は涙をこぼして懇願しました。私は意外さに打たれて茫然としていましたが、やはり田邊とは暮らしたくない、という決意は固かったのです。

しかし、今回は田邊もなかなか引き下がりませんでした。

「頼むから来てくれないか。妻が一緒に来ないとなると、格好が付かないんだよ」

「お義兄様《にいさま》にやろ」

田邊の兄の康秋氏までが私を迎えに来てくださったので、私は康秋氏には申し訳ない気持ちでいっぱいだったのです。

「いや、そうじゃない」田邊は苛立《いらだ》ったように遮《さえぎ》りました。「誰が喋ったか知らないけどね。僕は、現地では徳川家の血を引くお殿様だ、と噂されているらしい。だから、みんな、どんな女の人が奥方なのか、見たくて堪《たま》らないんだよ。それなのに、僕が一人で来ているものだから、奥様は北海道のような辺地には来てくださらないのですね、と厭味《いやみ》を言われる。現場監督としても示しが付かないから、来てくれると有難いよ」

「あんさんのことやから、誰かいるんやろ?」

私は低い声で言ってやりました。

田邊には、付き合っている女が常に何人かおりました。私は、そんなことに目くじらを立てては自分の価値が下がる、と固く信じていましたから、意地でも知らぬ顔をしていたのです。

しかし、我慢にも限度があります。あればあるだけの食べ物を好き勝手に食べ、酒は他人の分まで飲まないと気が済まず、兄さんが紹介してくれた仕事も続かず、義兄からの援助と借金とで生活費を賄《まかな》っている田邊。

それなのに、若い女にはいい顔をして贈り物をしたり、食事に連れて行ったり、喜ばせたがる夫に、私は暗い憎悪を抱いたこともあるのです。

しかも、田邊は妙に情に脆《もろ》いところがありました。いえ、殿様のお人好し、とでも言えばよろしいのでしょうか。ころりと他人の作り話に騙される、お目出度《めでた》いところがあったのです。

私の知っている限りでも、不治の病に罹《かか》った母親の薬代を稼がねばならない、と訴える哀れな女給、詐欺《さぎ》に遭って老後のために貯めた虎の子を失ってしまったと嘆く老芸者。誰が聞いても作り話としか思えない嘘にほだされて、何とかしてやる、と安請け合いをした挙げ句に、有り金を全部吐き出してしまったりすることもありました。

果ては、捨て犬、捨て猫、捨て子の類《たぐい》。何でも哀れなものは拾ってこようとする有様《ありさま》なのです。そもそも、哀れだから助けてやりたい、と思う気持ちは、誰にでもあります。でも、そうしないのは、きりがないのがわかっているからです。

田邊は、それでも拾って来てしまうのです。よく言えば、純真な子供のようなところがあるのでした。しかし、捨て犬や捨て猫を助けてやろうとする行為は、一見優しくは見えますが、私には、哀れなものを助けていいことをした、という自己満足に浸りたいだけのように見えます。

私は、田邊のそういう幼稚さに腰が退《ひ》けていました。どうして真理というものに気付かないのだろう、だから、この人は仕事という厳しいものに立ち向かえないのではないか、と。

その違和感は、口にこそ出しませんが、兄さんや松子姉も持っていたと思います。松子姉は、田邊に会えばにこにこと「いつまでも、やんちゃな殿様でいてくださいな」などと、笑って言いますが、陰では眉を顰めて、「重ちゃんの殿さん、今度は何をしでかしたん？」と心配していました。

いいえ、決して意地悪で言っているのではありません。私たちは、谷崎潤一郎という小説家の側にいて、その大きな感情のうねりと巨大な思考の中で生きているのです。どうしたって、ありがちな作り話や虚偽は、透《す》けて見えてしまう。

私はいつも、田邊と兄さんとを比べていました。谷崎潤一郎の人格、能力、どれひとつとっても、田邊は敵《かな》わないのです。敵うとしたら、華族という血筋だけ。

そのせいかと思いますが、田邊は虫の居所が悪いと、私や清一に八つ当たりしました。その底にあるのは、兄さんと松子姉と私との精神的な結び付きに、どうしても自分が入れない嫉妬だったと思います。

空襲で明日をも知れない命なのに、どうしてそんな子供のような人と運命を共にできるでしょうか。私は頑固に函館行きを断り続けていたのでした。

「ははあ、重子は函館に女がいると思っているんだね？　いないよ、いるわけがないさ。あっちでは本州のことを『内地』と呼ぶんだぜ。つまり、北海道は『外地』ってことだ。そのくらい、文化も違うし、人間も荒々しいんだよ。僕が嫌なのはね、女たちががさつなことさ。知ってるかい、北海道では、女がみんな煙草を吸うんだよ。それも、男みたいにくわえ煙草をしたり、道路を歩きながら吸って、吸い殻を道端に捨てたりしているんだ。そんな女を僕が相手にするわけがないじゃないか」

田邊は慣れない土地で、一人で暮らすのが心底嫌なのでしょう。我《わ》が儘《まま》を言える私もいなければ、何でもやってくれる女中のキミもいません。はたまた、酒を飲んで殴りかかり、鬱憤《うっぷん》晴《ば》らしできる清一もいないのです。よほど寂しかったとみえます。

「それやったら、現場監督なんかお辞めにならはって、こちらにお帰りになればええやないの。与野の沼沢工業かて、遠いて言うてんやから、函館なんかもっと遠うてお辛いことやろ」

私は、田邊の勝手勤めをよく知っていましたから、函館もどうせそう長くは続くまいと踏んでいたのです。

すると、田邊はむっとしたように頬を膨らませました。

「何を言ってるんだ。そんなことできるかい。僕の月給が三百円って聞いて、きみだって、いい話だと喜んでいたじゃないか」

「そらそうや。いくらなんでも、もう、あんさんのお兄様には助けては貰えへんさかいな」

田邊はお金に困ると、康秋氏に泣きついて、助けて貰っていました。時には、兄さんにまで。

妻としては、その無心がどれほど恥ずかしく、また義兄や兄さんに顔向けできないことなのか、田邊には私の立場に対する想像力というものが、まったく欠けているのでした。想像力の欠如。これは、兄さんの一番嫌ったことです。兄さんが、田邊を気に入っていないのは、そんなところにもあるのでした。

「うちは兄さんたちと一緒に暮らしますさかい、函館には行きまへん」

はっきり言いますと、田邊は大きな声で聞きました。

「じゃあ、僕は妻が来ない理由を何て説明すればいいんだい？」

「道中、危険やから、と言うたらどないです？」

「冷たい奥さんだね。何かあっても、僕と一緒に死のうという覚悟はないんだ」

図星でした。黙っていると、続けて言おうとした言葉を呑み込んだかのように、田邊は顔を歪めて黙ってしまいました。

田邊の中で、何かが化学反応を起こしたように思いました。いつもそうなのです。田邊はたったひと言、自分の気に入らない言葉を聞くだけで、すべてが怒りの感情に転化してしまうのです。

案《あん》の定《じょう》、こんなことを言いだしました。

「谷崎がきみを離さないんだろう？　僕にはわかっているよ。谷崎は、僕が気に入らないんだ」

「谷崎やなんて、呼び捨てにせんといて。失礼やないの。潤一郎兄さんと言うてよ」

「話をずらすなよ。僕は、谷崎がきみを離したくないんだろうって聞いたんだよ。どうなんだ」

私は黙っていました。何か言えば、本当のことを喋ってしまいそうで怖かったのです。

5

田邊が突然やって来た時、私は近所の老人の筍《たけのこ》掘《ほ》りを見物していました。西山の裏手にも竹林があって、筍が採れたのです。でも、ほとんど掘り尽くしたとみえて、泥の付いた小さな筍が三、四個、新聞紙の上に転がっていました。

傍らには兄さんがいて、懐《ふところ》手《で》で眺めていました。松子姉は、風邪気味で家で臥《ふ》せっていたかと思います。

「眺めていれば、一個くらい恵んでくれないかな」

兄さんが私に囁《ささや》くので、思わず笑ったところでした。

「二人やからふたつ。そう言いまひょか」

「重ちゃんは、案外遣《や》り手《て》だね」

私たちがこそこそと話していると、老人が気付いてお辞儀をしました。

「これはどうも。先生、少しお持ちになられますか？」

「ありがとう。では、小さいのをひとつ」

兄さんがそう言って、新聞紙の上の小ぶりの筍を指差しました。そして、あのぎょろっとした目で私を見遣《みや》るのです。「さあ、重ちゃんも早く言え」とばかりに。

私は恥ずかしくなって、黙っていました。

「お嬢さんもどうぞ」

老人は、大きめの筍をふたつ、手渡してくれました。

「ほら、ふたつ貰った。重ちゃんが若く見えたからだよ。やった、やった」

兄さんが嬉しそうに弾んだ声で言いました。

「よろしおすな。兄さん、今日のおかずが増えましたなあ」

「新若布《しんわかめ》が来たはずだから、若竹煮を作って貰いましょう」

熱海では米や魚などは割合手に入りましたが、野菜や肉が手に入りにくくなっていたのです。昭和二十年、戦局は悪く、食料の調達には大変な苦労をするようになっていました。私たちが難儀していたのは、美食家の兄さんの口に合うおかずを探すことでした。私が筍をふたつ手に持って歩いていると、女中頭の初《はつ》が知らせに来ました。

「田邊さんがいらっしゃいました。松平様もご一緒です」

兄さんが驚いたように言いました。

「弘さんが、こんなに早く来るとは思わなかったね」

「うちを迎えに来たんやろか」

筍を初に渡しながら呟《つぶや》くと、兄さんが立ち止まって私の顔を覗き込みました。

「重ちゃん、あなたどうしますか？　田邊さんと一緒に行きますか？　そりゃ、夫婦のことだから、僕らは口出しできないけれども、重ちゃんの意見を聞いておきたいんだ」

私は頭を振りました。

「兄さん、すんまへんけど、ここにいさせてくれはれしまへんか。この先、戦争がどうなるかわからへん。もし死ぬんやったら、うちは兄さんや姉ちゃんと一緒に死にたい」

思わず涙ぐみそうになりました。兄さんは頷きながらも、憤然とした口調で言いました。

「僕はね、弘さんが函館まで重ちゃんを連れて行って、どんな目に遭わせるかと思うと、心配でならないんですよ。パラチフス事件みたいなことをされたら、もう黙ってはいませんからね」

パラチフス事件というのは、田邊と女中のキミが生牡蠣《なまがき》を食べてパラチフスになった騒ぎを言っているのです。私はたまたま姉たちの住んでいた魚崎《うおざき》にいましたので、無事でした。

昨年の正月のことです。当時、田邊はまだ与野の沼沢工業に勤めていました。帰る途中、どこかで牡蠣を買ってきて、キミと二人で、よく洗わずに生のまま食べたのです。

それからひと月は、二人ともお腹の具合がよくないと寝たり起きたりしていましたが、二月の下旬になってパラチフスとわかりました。それで、田邊は帝大病院、キミは荏原《えばら》病院に入院、隔離されたのです。

私はふたつの病院を駆け回り、大変な苦労をしました。戦時中とあって、乗り物はすべて大混雑。そんな中、ふたつの病院を巡って食事をさせ、洗濯物を持ち帰って、帰宅しては洗濯し、清一のご飯を作ったのです。

あんなに大変な思いをしたのは、後にも先にもありません。看護人を雇えばいい、と兄さんに言われましたが、田邊にはそんな余裕などありませんでしたから、すべて私がやらねばならなかったのです。手は荒れ、ろくに食べ物もないので、痩せてしまいました。私は辛くて、毎日泣きながら病院通いをしていました。

　そんな私を見ていますので、兄さんは、日頃の田邊の私の扱いに、腹を立てていました。

「弘さんは、パラチフスの後、沼沢工業を辞めたでしょう?」兄さんの口調は憤懣《ふんまん》やるかたない感じでした。「沼沢だって、ずいぶん我慢して雇っていたと思うよ。パラチフスになってから、二カ月間はまるまる休みだけど、給料は払っていたそうじゃないですか」

「申し訳ありません」

　私は兄さんに謝りました。兄さんの縁《ゆかり》の方にまで、田邊は迷惑をかけていると思うと、私はいたたまれない思いでした。

「重ちゃん」

　いきなり兄さんが呼びかけたので、私は門の前で立ち止まりました。

門をくぐれば、中では私の帰りを今か今かと田邊が待っています。その時間を何とか引き延ばしたいと願う私の気持ちをわかっているかのように、兄さんが折よく声をかけてくれたのでした。

「何ですか」

　兄さんの大きな目が私を見つめていました。

「重ちゃんが、どうせ死ぬなら僕らと一緒に、と言ってくれたことですが」

兄さんは言葉を切りました。

「はあ、余計なこと言うてすんまへん。でも、本音ですねん」

私は目を伏せました。居候の癖に申し訳ないと思ったのです。ところが、兄さんはこう続けました。

「いや、僕は嬉しかった」

顔を上げると、燃えるような眼差しで兄さんが私を見つめていました。私は何と言っていいかわからず、魅入《みい》られたように兄さんの目を覗き込んでおりました。

兄さんは、私が田邊を厭って、兄さんのお側にいたいのがおわかりなのでしょう。何か言おうと口を開きかけますと、兄さんは私を遮るように早口で言いました。

「重ちゃん、ずっと一緒にいてください。死ぬ時も一緒です。僕はあなたが好きです。あなたのためには、すべてを擲《なげう》つ覚悟があります」

兄さんはそのまま書斎の方に向かって歩いて行ってしまわれました。その背中を見送っていた私は思わず目を背《そむ》けたのです。これ以上、眺めていてはいけない。そう自戒したのです。私はしばらく門の前に立《た》ち竦《すく》んでいました。

兄さんは今何て仰《おっしゃ》ったのだろう。しばらく経《た》ってから、私は我に返りました。

6

兄さんは今、確かに私のことを「好きだ」と仰った。

戯《たわむ》れで仰ったのだろうか。

それとも、あの噂は本当だったのかしら。

兄さんという人は、一番好きな女とは結婚せずに、その女の姉妹と結婚して、好きな女を密かに慕うのを好んでいる、という噂。

いやいや、兄さんは今書いている小説のせいで、そんなことを仰ってみただけだ。

兄さんが毎日書いておられる小説は、『細雪』。

私たち四人姉妹の物語で、主人公は私がモデルになっていると聞いた。だから、あんなことを仰ってみたのだ。

私は門に寄りかかり、ああでもないこうでもないと、この三つの考えをあれこれと検分していました。そのくらい動揺していたのです。

まず、ひとつ目。戯れで仰った、という考え。

私は自分で思ったことなのに、即座にあり得ないと却下しました。兄さんは、冗談でそんな重大なことを言う人ではありません。

松子姉と結婚する前は、二度結婚をしていましたから、恋愛で相手を傷付けたり、傷付けられたりすることには敏感で、とても気を遣っていました。

とりわけ、最初の千代夫人との離婚は、「妻譲渡事件」などと新聞に書かれて騒がれましたから、千代さんも、お嬢さんの藍子さんも、とても傷付かれたことでしょう。

兄さんの意に反して、千代さんは世間から、不倫妻という誹《そし》りを受けてしまいました。そのせいで藍子さんも、小林《おばやし》聖心女子学院を退学になったのです。

もう過ぎたことではありますが、兄さんはこの成り行きを、内心気に病んでいたのではないかと思います。

ふたつ目も、あり得ないことです。

そういう噂がありますよ、と囁く方は、大概、千代さんとせい子さん姉妹のことを仰います。千代さんは五人姉妹で、お姉様が芸者さんだったそうです。そのお姉様が好きだった兄さんは、妹の千代さんと結婚したのです。でも、千代さんの性格が家庭的だ、と気に入らなかったようなのです。

妹のせい子さんは奔放な性格でしたから、兄さん好みでした。それで、せい子さんをモデルにして、『痴人の愛』という小説を書いたのです。当時のせい子さんは、まだ十六歳だったと聞いております。

でも、この千代さんとせい子さんの事件は、若気の至りによる結婚の失敗であって、今の兄さんは好きな女の姉妹だから、という理由では、絶対に結婚なんかしないと思います。兄さんは、そんな人ではありません。兄さんと松子姉は心から愛し合い、信頼し合っています。

それが証拠に、兄さんはどんな偉い人と一緒でも、松子姉を大切に思っていることを見せ付けます。

例えば、レストランでは、まず姉さんの分を皿に取り分けて、「さあ、食べなさい」と誰よりも先に、姉さんの前に置くのです。それから、自分の料理を取ります。

他の人の分は一切取りませんので、ご婦人方から料理を取り分けられ慣れている殿方は、それを見て、ぎょっとなさるのでした。

奥様にそんな優しいことをする男の人は、西洋人以外に見たことがありません。思えば、隣にドイツ人の一家が住んでいた時、兄さんは西洋人のマナーを密かに観察していたのかもしれません。

そんな時は、松子姉も兄さんにかしずかれて当然、というような顔で澄ましていますし、二人は家でも対等で、よく口喧嘩もしていました。兄さんの結婚観は、割と西洋風で、性格の強い女が好きなのです。

そうなりますと、三つ目の「今書いている小説のせいで、そんなことを仰ってみただけ」が、一番ありそうです。

兄さんは熱に浮かされたように、書いている小説世界に夢中になる時があります。そんな時は、本当に小説の中の女に、魂を奪われてしまうようなのです。

とすれば、私は『細雪』の「雪子」としてだけ、作家である兄さんに好かれているのかもしれません。でも、「雪子」は、本当の私ではありません。あくまで小説の中にしか存在しない「雪子」が、生身の私と同化している。

もしかすると、生身の私が、小説の中の「雪子」に同化することもあるのでしょうか。私が現実と小説、そのどちらの世界にも生きられるのだとしたら、何と不思議なことでしょう。私はその思い付きに陶然としたのでした。

私は、常に兄さんの小説の中に住んでいた松子姉が羨ましくなりました。私も松子姉のようになりたい、兄さんの小説に住みたい、そして現実と小説世界を行ったり来たりしたい、と願ったのです。

松子姉はいつだって主演女優でした。松子姉が現れると、その場はたちまち華やいで、打ってかわって明るい雰囲気になります。松子姉はそこで、まるで少女のようにあどけなく、慈母のように優しく振る舞うのです。

その様子には、殿方ばかりでなく、婦人たちも皆、心を奪われてしまうのでした。私には到底真似のできないことです。そう思うと、やはり私は兄さんには相応《ふさわ》しくない、と打ちひしがれるのでした。

でも、そんな私にも、兄さんの「告白」は、ある楔《くさび》を打ち込みました。私も女として認められたのかもしれない、という誇らしい楔です。松子姉には敵わないから、谷崎潤一郎夫人には相応しくない。だけど、女としてそう悪くないのかもしれないという楔が。

こんな気持ちなのに、どうして田邊と一緒に函館などに行けましょうか。私は上気しながら、勝手口に向かったのです。

台所の窓から、女中の初が夕餉《ゆうげ》の支度に取りかかっている様子が見えました。米を研《と》いで、筍の皮を剝いています。

今日の献立は、私たちの戦利品の筍と新若布の若竹煮、鰤《ぶり》の照り焼き、田邊が函館から持って来たバターを使って、豆腐を揚げた料理のようです。

「お帰りなさいませ」

井戸端で泥の付いた手を洗っていると、初が手拭《てぬぐ》いを持って来てくれました。

「おおきに」

私は礼を言って手を拭き、家に入って奥の方を覗きました。

座敷では、兄さんが床柱を背にして胡座《あぐら》をかき、田邊と康秋氏と三人で談笑していました。

康秋氏は、私が田邊をあまり信頼していないことを知って、何とか私を函館に行かせようと、田邊に同行して来たのでしょう。お金の面でもそうですが、四十七歳にもなるのに、田邊は何かと兄の康秋氏の気持ちを煩《わずら》わせているのだと、私は悲しくなりました。

兄さんも、康秋氏に申し訳ないと思ったのか、とっておきの清酒を出して振る舞っているようでした。肴《さかな》は、田邊が持って来たイカの塩辛でした。

田邊は、私を説得しようとじりじり待っていた様子ですが、酒を飲んで気分よさそうに笑っています。こうなりますと、酒好きの田邊は、私のことなどどうでもよくなるはずでした。

私は座敷には顔を出さずに、松子姉が臥せっている寝室に向かい、襖の外から声をかけました。

「姉ちゃん、起きてる？」

兄さんに「告白」されたのに、松子姉にそれを伝えたいような奇妙な気分だったのです。でも、絶対に言ってはいけない。わかっているのに、うっかりすると口が滑りそうで、私は奥歯を嚙み締めたのです。

「起きてるよ。重ちゃん、どうしたん。お入り」

襖を開けると、夜具は部屋の隅に片付けられていて、松子姉が鏡に向かってお化粧をしている最中でした。

夜の食事に備えて、支度をしているのです。兄さんとの夜の食事は、普段着をよそゆきに着替え、きちんとお化粧して臨まないとならないのでした。それは、食材のなくなった戦時中でも同じでした。

「ああ、暗なってきたね」

松子姉は、窓から入る夕陽の方をちらりと振り返りました。

「重ちゃん、電灯点《つ》けてちょうだい」

私はスイッチを捻《ひね》りました。薄暗い部屋が一気に明るくなります。白粉《おしろい》を塗った松子姉の顔が、白く華やかに見えました。

「姉ちゃん、風邪はどうや？」

「熱は何とか下がったわ。ようやっと食欲が湧いてきた。今日のお夕飯は何にしたん？」

松子姉が少しかったるそうに聞きます。

「鰤と揚げ豆腐と若竹煮やって」

「ああ、それはよかったわ。若布が届いてたさかいね。それに、さっき筍がどうとか、女中たちが騒いでたのが聞こえたわ」

姉さんは鏡を覗き込み、白粉を塗る手を止めずに言いました。

「兄さんと筍掘りを見物してたら、近所の方がふたつくれたんよ」

「アク取りは間に合うやろか。京都の筍と違うからなあ」

松子姉は京都の食材が好きですから、地取りの筍など、食べたくなかったのでしょう。

「取れへんかっても食べましょうよ」

私の言葉に、松子姉が手を止めて笑いました。

「毎日毎日、食べ物探して綱渡りやね。あの人が、このままやったら、現金もなくなるって焦ってたわ」

「それ、ほんま？」

「ほんまらしいよ。かき集めても、現金は五千円しかないんやって」

田邊の函館で貰う月給は、三百円の約束です。その一年半年分くらいしか、現金の蓄えがないとは、大変なことでした。

私が無言でいると、松子姉が眉を描きながら嘆息しました。

「本が出されへんから、お金が入らへんのよ」

兄さんが今書いておられる『細雪』は、当局から「奢侈《しゃし》な描写が多く、時局に合わない」と発禁の憂目《うきめ》に遭っているのでした。

「これからどうするん、姉ちゃん」

「実はこの家を売ろうかと相談してたんや。それでどこかに疎開しようて」

「どこに行けばいいんやろうね」

私を連れて行ってくれるだろうか。私がよほど不安そうに見えたのでしょう。松子姉は振り返って、心配そうに私の顔を覗き見ました。

「あんた、どないしたん。何か熱に浮かされているような顔してるで。あたしの風邪がうつったんと違うやろか」

松子姉が私のおでこに手を当てた途端、「冷たい」と笑いました。

「あんた、外の匂いがするよ」

「姉ちゃん、私は田邊とは一緒に暮らしとうないねん。こんな時に、知らん土地に行って暮らすんはもう嫌。東京にいる時も清ちゃんがいるから助かったようなもんで、函館に行ったら、二人きりになってしまうやろ。そやけど、お金がないんやったら、兄さんに迷惑はかけとうないし、どうしたらいいかわからへん」

涙を浮かべると、松子姉が私の肩に手を置きました。

「心配しなさんな。あんたがいたいなら、ここにいたらええ。あの人もあんたがいてくれたら喜ぶさかい」

私は内心どきりとしました。いくら小説世界のことだとはいえ、私は松子姉を騙しているのだろうか、と。

「ごめんな、姉ちゃん。迷惑は百も承知やけど、お願いやから、あたしをここに置いて。田邊と函館に行くんはどうしても嫌や。どうせ空襲で死ぬんやったら、姉ちゃんや兄さんや美恵ちゃんと死にたい」

松子姉も目を潤ませました。

「函館ていうたら、海の向こうやもんな。そんなところに重ちゃんを行かせたら、二度と会えんようになってしまうかもしれへん。覚悟はしてるけど、ばらばらで死ぬのは嫌よね」

当時、兄さんの家には、松子姉、美恵子、私。都合、三人の女と女中たちが三人おりました。女ばかりの所帯ですから、兄さんはたった一人の男、家長として気を張って暮らしていたのです。

昭和十九年末から、急に空襲が激しくなりました。翌年三月十日は東京、十二日が名古屋、十三日が大阪、そして十七日が神戸と大都市が次々に爆撃されたのです。

死が隣にそっと居座っているような時、私は「好きだ」という兄さんの言葉を生き甲斐にして、一緒に生きていこう、と決意したのでした。

「あたしを追い出したりせんといてね」

涙ながらに頼むと、松子姉が私の肩を抱いて言いました。

「重ちゃんのことは、あたしら夫婦が一生面倒見ていこうと思うてる。安心してここにおり」

「おおきに」

「それでな、あんたの殿さんには悪いけど、函館には一人で行ってもろうて、いろんな物資を送って貰おうやないかて思てたんや。ほら、小豆《あずき》やらバターやら、北海道は物資が潤沢《じゅんたく》やからね」

松子姉はそう言って、いたずらっぽい目で私を見ます。松子姉はいつもにこにこと鷹揚に笑うだけで、あまり細かいことは言いませんが、ちゃっかりしているところがありました。

田邊は松子姉に頼られたら、喜んでいろいろな物資を手に入れて送ってくるに違いありません。殿様のお人好しを利用する、松子姉の方が一枚上手なのでした。

なるほど。そのためにも、私は兄さんたちと一緒にいる方が兄さんたちの助けになるのだ、と納得したのです。

7

その夜、田邊は私を宥《なだ》めたりすかしたりして、何とか函館行きを承知させようと、説得に相勤めましたが、私は頑として首を縦には振りませんでした。

挙《あ》げ句《く》、酔った田邊がこのような暴言を口走ったことは、お話ししたかと思います。

『谷崎がきみを離さないんだろう？　僕にはわかっているよ。谷崎は、僕が気に入らないんだ』

いえ、暴言ではありません。兄さんに「ずっと一緒にいてください。死ぬ時も一緒です。

僕はあなたが好きです」と告げられた時から、それは真実になったのです。

誰にも言えない秘密を田邊に言い当てられて、私がどんなに後ろめたく思ったか。決して誰にも言ってはならないことなのに、他人の口からいとも簡単に発せられた言葉の衝撃に、うろたえたのでした。が、正直なところ、晴れがましい気持ちもなくはない、という複雑な思いでした。

田邊は、仕事や学業はひとつも達成できない、辛抱の利かない人間でしたが、勘だけは妙に鋭いところがありますから、何も悟られたくない私は、田邊に観察されるのが嫌で、ずっと目を伏せていたのです。

数日後、康秋氏がひと足先に帰京されました。康秋氏が「夫婦のことは夫婦で解決するように」と、田邊に小言を言っているのが聞こえました。私たち夫婦が危機に瀕《ひん》している、と誰もが感じていたのでしょう。

後でわかったことですが、康秋氏の来訪は、私のためだけではありませんでした。兄さんの要請で、康秋氏は熱海の西山の家を買ってくださったのです。康秋氏も、三月十日の東京大空襲で危機感を持たれ、早急に疎開する家を探されていたのです。ちょうど、現金の欲しかった兄さんには、願ってもない話でした。

十日の東京大空襲の報《しらせ》は、私たちも心底怖ろしかったです。これまでの空襲とは被害の数が違います。最初の報では六十万、その後は十万の死者と言われましたが、東京の下町が灰燼《かいじん》に帰したと聞いて、何と怖ろしいことになったのだろうと震え上がりました。

しかも、東京を皮切りに、名古屋、大阪、神戸と、日本の大都市が次々に爆撃されました。私たちの祐天寺の家は幸い残ったようですが、下町の次は城南だ城北だ、いや山手だと噂が飛び、いつ何時何が起きるかわからない、と誰もが避難先と食料の調達を必死に考えていたのです。

兄さんは、米軍が相模湾から上陸することを思うと、熱海は通り道になりかねないと心配していました。それで、西山の家を売ったお金で津山に家を買い、その差額で生活していこうと考えていたようです。

津山を選んだ理由は、松平家の旧藩邸のある土地ですから、何かと便宜を図って貰えるだろうということ。もうひとつの理由は、兄さんの知り合いが津山の近くに住んでいて、家探しや食料の調達など、何かと頼れそうだからでした。

私が離婚などすれば、両家が気まずくなることは必至でしたから、私は田邊と一生夫婦でいなければならないのか、という暗い思いもありました。つまり、私は兄さんとは離れられないけれども、兄さんたちを助けるためには、田邊とも別れられないのです。そのことが、私の心を引き裂いていました。

「弘さん、お茶でも飲みまひょか？」

松子姉が、田邊を呼びました。松子姉はまだ鼻声でしたが、もう風邪は治りかけて、すっかり元気になっていました。私も付き合おうとすると、松子姉に押し留められました。

「あんたはええから、弘さんの靴下でもかがっとき」

よく見ると、田邊の靴下の先に小さな穴が空いていて、親指の爪が見えました。松子姉はよく観察しているものだ、と驚きました。

「さあ、弘さん、靴下を脱いでちょうだい。重ちゃんに繕《つくろ》って貰いまひょ。奥さんが冷たいさかい、靴下に穴が空いたままなんやて言われたら困るでしょう？」

「はあ、そうですな」

田邊が不器用そうに、靴下を片方脱ぎました。田邊は何でも器用にこなす癖に、服を着たり脱いだりする動作は子供っぽいのです。

私は松子姉の真意がわからず、まだ体温でぬくい靴下を片方手渡されたまま、ぼんやりと立っていました。

田邊は松子姉に手招きされ、片足だけ裸足という珍妙な格好で、座敷に入って行きました。松子姉は、なかなか納得しない田邊を、諭《さと》してくれるつもりなのかしら。

私はそんなことを考えながら、初に裁縫道具を持って来させて、靴下の先をかがり始めました。隣の座敷からは、ひそひそと二人が話す声が聞こえます。

兄さんは、とっくに書斎に入って仕事をしていました。兄さんはどんな時でも、必ず朝早くから書斎に入り、手紙を読んだり返事を書いたりすることから始めて、お仕事をなさるのです。それは、松子姉も入ることが許されていない神聖な時間で、何が起きようが書斎から出て来られることはありませんでした。

でも、三月四日、B29が二百機あまり、関東上空に襲来した時は、さすがに轟音《ごうおん》と振動とで落ち着かなかったのでしょう。書斎から出て来て、怯える私たちの側にいました。

松子姉と田邊は、二十分ほど密談をして居間に戻って来ました。私の視線をそっと外し、松子姉が裏山の山桜を眺めて言いました。

「山桜は豪勢やけど、花の色に風情《ふぜい》がないわ。これが今生の桜やったら嫌よね。あたしは死ぬ前には、京都の枝垂《しだ》れを見たい。あれこそが、死出《しで》の花や」

「姉ちゃん、縁起の悪いこと言わんといてよ」

「そうやろか。どうしても生き死にを考えてしまう時節やから、仕方ないわ」

松子姉が振り向いて、婉然《えんぜん》と笑いました。まことに明日の命はわからない、不安というよりも恐怖の時代でした。このまま田邊を見送れば、生き別れもあり得るのです。

すると、田邊が廊下から私を手招きしました。

「重ちゃん、ちょっと来てくれないか」

私は爪先《つまさき》を繕った靴下を田邊に手渡しました。田邊が廊下に蹲《うずくま》り、子供のような鈍い所作で靴下を履《は》きながら尋ねます。

「初さんがやってくれたのかい？」

「私が縫うたんよ」

田邊が慌てて俯きました。涙ぐんだようにも見えたので、私は驚いて尋ねました。

「弘さん、姉ちゃんに何て言われたん？」

「庭で話そう」

初の耳を気にしたのか、田邊は靴下で庭下駄を突っかけました。後を追って出ると、曇っていて暖かく、大気が重たく感じられるような春の日でした。

そんな日は、殊《こと》の外《ほか》、花の香りが強く漂っているように感じられます。梅、桜、木瓜《ぼけ》、菫《すみれ》、レンゲ、レンギョウ。ありとあらゆる春の花が咲き、虫や獣が蠢《うごめ》いて、私たちは死に怯えているのに、生の気配が濃密で眩暈《めまい》がするようでした。先ほどの松子姉の言葉も、庭の生気を思ってのことでしょうか。

「なあ、何の話をしたん？」

喋れば喋るほど滑舌がよくなる、お調子者の田邊が、詰まりながら訥々《とつとつ》と喋りました。

「重ちゃんを函館に連れて行くな、と頼まれたんだよ。叱られたも同然だった」

「姉ちゃんに叱られたん？」

自分の考えがあっても、周囲が言うまで口にはしない松子姉が、わざわざ田邊を呼んで意見したとは、意外でなりませんでした。

多少、誇張があるかもしれませんが、これが田邊から聞き出した、松子姉の言葉です。

『弘さん。今日の別れが、二度と会えなくなる最後の別れになるかもしれません。誰も明日のことなんかわからへん、こんな時やからこそ、正直に言わして貰います。私と谷崎は、重ちゃんが弘さんと一緒に函館に行くと、どんな目に遭わされるかわからない、と気がかりでならへんのです。きつい言葉なんは百も承知やけど、重ちゃんを心配する家族の真の思いやいうことで、我慢して聞いてちょうだい。

弘さんは、重ちゃんには酷いことをしてきました。まず、お酒を大量に飲みはります。そうすると、人が変わる。パラチフスの件もそうやけど、生き方が軽率に過ぎしませんか。キミに牡蠣を食べさせて中毒にさせた、なんてキミの里にも申し訳のうて言えしません。そして、あなたは中毒事件の後、沼沢工業を辞めてしもうた。沼沢さんにも申し訳ないと思わへんのですか？

何よりも、重ちゃんがお金の苦労をさせられてることが、一番可哀相です。借金取りが押し寄せて来るたびに、断る役回りをさせられているそうやありませんか。そやのに弘さんは美味しい物を食べたり、高いお酒を飲んだり、女の人と付き合うたりして散財をしている、と聞いてます。私たちは、重ちゃんにはお金の苦労は絶対にさせとうありません。重ちゃんは、そんな目に遭わされる人やありません。

弘さん、あなたも今度は函館で頑張ろうと思うておいでのようですね。そやけど、海を渡った知らん土地で、またぞろ、重ちゃんがお金の苦労をさせられたらどないします？　私たちの助けも及ばず、身を売る羽目にだってなりかねへんでしょう。そうなったら、私は大事な妹と二度と会えんようになるかもしれません。地続きの本州ならともかく、北海道は海の向こうです。しかも、戦時中やありませんか。占領されて会えんようになることもあり得ると谷崎は言うてます。重ちゃんは私たちの大事な妹なんやから、そんなことになったら、弘さんを二度と許しまへんよ。

今回も、まさかこんなに早くお迎えに来られるとは、思うてもいませんでした。それだけ弘さんも寂しく、心細く思うておられるのでしょう。それやったら、少しは一人で耐えて、重ちゃんの無事を願って貰えまへんやろか。

康秋さんとも話しましたけど、私たちはじきに津山に疎開しよう思てます。津山の方が少しは食料事情がええのではないか、という噂を聞いたんで、期待もあります。そやけど、重ちゃんが田邊家の奥さんやとはいえ、余所者《よそもの》であることは確かです。どうか、津山の縁の方に連絡をして、便宜を図って貰えまへんか。それから、北海道の食料を重ちゃんに送ってあげてください。よろしうお願いします』

「姉さんにあれだけ言われたら、きみを無理に連れて行くわけにはいかないよ。だから、今回は諦める」田邊が肩を落として言った後、思い切ったように顔を上げました。「だけど、これだけは約束してくれないか？」

「何ですやろか」

「頼むから、生きていてほしい。僕は函館で、奥さんのことを聞かれた時、来ないよ、と返事をしたら、誰もが悪いことを聞いた、という風に顔を背けたよ。みんな同情しているんだよ。こんな危ない時期に、危ない本州に奥さんを置いてきた僕に。そしたら、急に怖くなった。僕は重ちゃんを永遠に失うんじゃないかと思って。姉さんに言われたことももっともだから、言い訳はしないよ。僕は妻を貰ったという認識があまりにも欠けていた。長い間、独身で気ままに暮らしてきたから、他人を思いやろうとする気持ちが湧かなかったんだ。気付いた時は、妻がいないんだから、皮肉なものだね。だけど、きみの気持ちが変わるまでは何度も迎えに来るから、僕の妻でいてほしい」

　そう言って、涙を流すのです。

「わかりました」

　私は頷いたものの、松子姉の影響力を感じて呆然としていました。親族という同心円の中心にいて、皆に気を配り、広がる波のように影響を及ぼしているのは、常に兄さんと松子姉なのです。

「姉ちゃんは、他に何か言うてた？」

　田邊は頷いた後、照れた風に禿《は》げかかった後頭部に手をやりました。

「のろけていたよ」

「のろけ？」

　私は驚いて声を上げました。松子姉はさらにこんなことを言ったそうです。

『私は谷崎に深う愛されていますから、小津と結婚していた時とは段違いの幸せを感じてます。谷崎と出会うて、女は男に愛されなくては一人前にはなれんいうことが、身に沁《し》みてわかりました。重ちゃんは、あなたと結婚するまで、付き合った男の人は一人もいません。あなたが重ちゃんの最初の男の人なんやから、重ちゃんを大事にして、とことん愛してあげてちょうだい。そやないと、重ちゃんは、谷崎と出会う前の私と同じで、不幸になります』

田邊が意気揚々と告げる口許を、私は凝視しました。真っ白な入れ歯が、田邊のその場しのぎの人生を物語っています。

それなのに、松子姉は、こんな人に私を愛せ、と説いた。信じられませんでした。兄さんに愛されたのなら、女としての実績は備わることでしょう。でも、相手が田邊なら、あり得ない。もしかすると、松子姉は自分だけが兄さんに愛されたことを、心底誇っているのかもしれません。

私は松子姉に、憐れまれる運命なのかもしれない。私は、萎《しぼ》んだ沈丁花《じんちょうげ》の花殻を見つめながら、そんなことを考えていたのでした。

結局、田邊は一人で函館に帰って行きました。田邊があまりに私との別れを惜しむので、ほだされた私も東京まで送ろうと思いましたが、空襲警報が解除にならないので諦め、熱海駅で別れたのです。

「これでもう会えないかもしれないと思うと、泣けてきた」

田邊は駅でもぽろぽろと涙を流していました。私もどうしたらいいかわからなかったのですが、あまり涙は出ませんでした。

8

田邊が泣いて頼んでも、私は松子姉や兄さんたちと一緒にいる道を選びました。同じ死ぬのなら、田邊とではなく、松子姉や兄さんたちと共に、という覚悟の表れでもありました。

私の決心は、田邊にとって衝撃だったようです。日本の敗色が濃厚になって本土決戦になり、日本人の誰もが、戦争は非戦闘員の命をも無惨に奪い去るものだ、という厳然たる事実に初めて気が付いた頃だったのです。

「潤一郎兄さん、函館には行きまへんので、どうぞ一緒にいさせてください」

駅から戻った私が手を突いて頼みますと、ちょうど、手打ちうどんと山菜の天麩羅《てんぷら》でお昼ご飯を食べていた兄さんは、箸《はし》を置いて穏やかな笑みを浮かべました。

「よかったね。ここだけの話だが、重ちゃんが残ってくれて、さぞかし松子が安心したことだろう」

私ははっとして、兄さんの顔を見上げました。でも、兄さんはにこにこと穏和な笑みを浮かべるだけです。

あんなことを仰ったのに、どうして知らん顔をなさるのか。私は内心落胆しましたが、鋭い兄さんに見破られるのを怖れて、懸命に表情を隠していました。兄さんは、私が激しい内面を見せずに耐え忍んでいる風情がお好きなのだ、と気付いていたからです。

松子姉は明るく鷹揚にしているだけで、余計なことは口にしません。複雑な内面を持っていることすら、誰にも見せようとはしないのです。その代わり、女優のように変幻自在で、摑み所がないのでした。だからこそ、兄さんほどの男も翻弄《ほんろう》されたのです。だったら、私は松子姉とは違う女にならなければいけないのでしょう。松子姉の陰にいる、地味でおとなしいけれど、芯の強い妹に。

松子姉が太陽なら月、松子姉が光なら影、松子姉が動なら静。でも、決して上下であってはなりません。私あっての松子、松子あっての私。兄さんが好きなのは、松子姉と対になった私のはずでした。

「弘さんは、がっかりなさったんじゃないのかね?」

兄さんが、たいして関心なさげに尋ねました。

「駅で泣いていました」

私が明かしますと、兄さんは「ほう」と驚いたように言いました。

「よほど心細いんだね。弘さんも気の弱いところがある。重ちゃんと逆だね」

「私も少しは泣きましたよ」

私が小さな声で抗議しますと、兄さんは笑いました。

「いずれにせよ、津山に行くことになったんだから、令夫人の重ちゃんがいてくれてよかった」

兄さんの本音だったと思います。兄さんにとっても、田邊との付き合いは面倒だったことでしょう。田邊は、輪から「そっと押し出したい」人間でしたから。

でも実際は、田邊の兄である康秋氏に、津山の松平邸に一時的に住まわせて貰うことになった上に、西山の家をぽんと現金で買って貰いました。これだけ援助を受けた以上、田邊を無下《むげ》にはできない、そんな状況なのでした。

もしかすると、私は兄さんと松子姉に利用されているのではないか。こんな疑念が頭をもたげました。兄さんはあんなことを言っておきながら、田邊の妻である私を側に置いておいて、康秋氏を利用しているだけではないか。

考えてはならないことは百も承知でした。が、急に熱が冷めたように「令夫人の重ちゃん」と繰り返す兄さんの顔を、私は何度もそっと見遣りました。兄さんの「告白」さえ聞かなければ、こんな辛い思いはしなかったはず。

私の心は千々《ちぢ》に乱れていました。その思いを知っているのは、誰よりも人の心を読むに長けた兄さんだけだというのに、その兄さんに心を読まれてはならないと警戒する日々に、私は疲れ果てていました。

立ち入ったことのように思ったので、その場では聞けなかったのですが、西山の家は、七万円で譲渡したそうです。

条件は、うち五万円を現金で四月中に、残りは戦後に貰う、という約束だったとか。戦後の支払いとはずいぶん譲歩なさった、と思いましたが、兄さんとしては、ともかく当座の現金を得て困難を何とか凌《しの》がねば、というお気持ちだったと思います。

しかし、熱海から津山への移動は容易ではありませんでした。

康秋氏との約束では、四月いっぱいで西山の家を引き渡すことになっていました。一軒の家を捨てるがごとく後にして、まだ定まっていない場所に移って行くのですから、難儀な作業でした。

西山を捨てて津山へ移る。この時期が、兄さんを家長とする谷崎家の最大の苦難の時だったかもしれません。

世界も揺れ動いていました。四月七日には小磯《こいそ》内閣が総辞職しました。十二日にはアメリカのルーズベルト大統領が死去します。そして、十三日の夜、東京に対する二回目の大空襲があったのです。今度は、豊島、渋谷、向島《むこうじま》、深川方面が集中攻撃を受けました。十五日、私たちはようやく最初の荷物を津山に送りました。その夜、今度は城南が空襲されたという報道がされました。羽田、大森、荏原、蒲田《かまた》。米軍はどれだけ焼け野原にすれば気が済むのでしょう。木と紙で出来ている家だから焼いてしまえ、と思っているのでしょうか。悔しいというより、情けなくて仕方がありませんでした。無差別で熾烈《しれつ》な爆撃に、私たちは追い詰められていたのです。

「姉ちゃんのとこは大丈夫やろか」と、朝子姉一家の安否を気遣う松子姉に、兄さんが呟きました。

「帝都はもうおしまいだ。早いとこ降伏しないと、日本人は全滅するかもしれない」

熱海だとてわかりません。私たちは慌てて、荷造りを急ぎました。でも、気に入りの着物も箪笥《たんす》も机も布団も、何もかも持って行くわけにはいきません。

着物も厳選して、どうしても持って行けない物は、近所の人や使用人にあげたりしました。かなり選んだのに、持ち出したい荷物は大量にありました。もっと減らさなくちゃ駄目だと言われ、美恵子も泣く泣く洋服や小物を捨てていました。

もっとも、兄さんは作家ですが、蔵書がほとんどないので、身軽に引っ越しできるのです。他の作家の方は書庫を作るほどの蔵書家が多く、誰もが兄さんの書物の少なさに驚かれます。兄さんは、ひとつの仕事が終わるとあっと驚くほど潔く、資料や本を捨てたり、人にあげてしまったりするのです。

二十五日、西山にも高射砲が取り付けられました。高射砲があるということは、空から狙われる怖れが出来《しゅったい》したわけです。「いよいよ、この辺りも戦場になるのか」と兄さんが残念そうに言いました。

二十八日、最後の荷物十五個を津山に発送しました。

五月一日、ベルリン陥落。その数日前には、ムッソリーニが北イタリーのコモで捕らえられていました。いよいよ、三国同盟が破綻する時がやって来たようです。

私たちは、この日に家を明け渡す約束になっていましたので、松子姉が琴の弾き納めをしました。さすがに、弾き終わった時は、皆で泣きました。娘時代から弾いていた琴を置いて行かねばならないのです。救いは、康秋氏がこの家を買われたということでした。家具や道具はそのままでいい、と言ってくださったからです。捨てるよりはいくらか気が楽になりますが、住む家がなくなるのは、思った以上に辛いことでした。

私たちは西山を出て、近くの恋月荘という旅館に移りました。津山行きの切符を手に入れるという難事業があったからです。

当時、汽車の切符は三枚が限度で、五枚を一度に手に入れることなど不可能でした。退去証明があっても、一人四枚は取れないのです。ところが、こちらは兄さん、松子姉、美恵子、私、それに女中の初、と五人おります。

結局、熱海の市会議員の某《なにがし》、知己《ちき》の住職さん、播州《ばんしゅう》生まれの女中、たまたま東京から来ていた清一らのおかげで、六日午後九時三十九分熱海発、大阪行き準急列車の切符を、何とか五枚入手することができたのでした。

夜行はしんどそうですが、小型機の機銃掃射に対しては安全だ、しかも、五日が東海道方面の空襲だったから、今夜はまず無事だろう、と言う人もおりました。兄さんはそういう判断も優れた人でしたから、私たちは一も二もなく従いました。切符を手に入れても、今度は発《た》つ時期を見なければならない、命懸《いのちが》けの時代だったのです。

出発前に、内緒のひと仕事がありました。五万円の現金を、初以外の四人で分散して持つことになったのです。私も一万円の札束を預かり、帯の間に挟み込みましたが、誰かに盗られでもしたら、兄さんたちに申し訳ないと緊張したことでした。

夜、列車に乗りますと、もちろん満員で座席はありません。皆で十三個の荷物を分け持ち、二等の床に座りました。兄さんは下駄の上に防空頭巾を載せてその上に、私たちは床に風呂敷を広げて座りました。

静岡で座席がひとつ空きましたので、そこは石段で足を挫《くじ》いた兄さんに譲りました。浜松でまたひとつ空いて、松子姉と美恵子が交代で座り、名古屋で空いた席には私が腰掛け、と何とか困難ながら無事に旅を続け、朝八時に大阪に着くことができました。

皆で大金を分かち持って苦しい旅を続けていますと、一体感が増すものです。席は離れていても、時折安全を確認し合うたびに、私はあの疑念も忘れ、残ってよかった、と何度も胸を撫で下ろしたものです。

津山に行く前、魚崎の家に寄りました。神戸では三月十七日に大空襲があって、焼け出された親戚や昔の奉公人たちが、着の身着のままで避難していました。

五月十一日、魚崎上空にB29が飛来しました。私たちは防空壕に入りましたが、ここで九死に一生を得る経験をします。至近距離に爆弾が落ちたのです。危ないところでした。防空壕から出た私たちは顔を見合わせて、しばらく呆然としていました。

そんな危険の中、早く津山に行かなければならない、焦る気持ちが募《つの》りました。まだ手に入れてもいない津山の幻の家が、唯一の避難場所であるかのように思えたのです。

魚崎に避難していた親戚や奉公人たちを交えて、大人数となりましたが、何とか切符を手に入れて、津山に向かったのは十四日でした。空襲にも遭わず、姫路《ひめじ》経由で十五日午後には、無事に津山に着くことができました。

この日の津山は雨で、肌寒い日でした。思ったよりも山の中のような風景に、私はたいそう心細く感じました。誰もが同じ思いだったとみえて、言葉も少なく、高低差の激しい田舎道をとぼとぼと歩くだけ。

松平邸に着いてみると、用意して頂いた部屋は、十畳と六畳の調度も何もない座敷でした。開け放った障子から、蚊柱《かばしら》の立つ濁《にご》った池が見えます。心塞《こころふさ》ぐ景色でした。

幸いだったのは、荷物がすべて到着していたことでしたが、雨樋《あまどい》から雨水をそのまま池に入れる造りになっているせいか、水音がうるさく、またその音が侘《わ》びしくて、私はまったく眠ることができませんでした。

翌々日、松子姉と兄さんは、かねてから津山で家を世話してくれる手筈になっていた知人の家に出かけました。いつまでも松平家にお邪魔しているわけにはいきませんので、私たちも早く適当な家作《かさく》を見付けて、移らねばなりません。

「いいおうちが見付かるとええわね」

「あっちで泊めて貰うかもしれへんから、ご飯は持ってきたお米を炊いて、適当に食べてちょうだい」

松子姉とそんな会話を交わして、留守番をしていました。ところが、その日のうちに二人が帰って来ました。何でも、家を世話してくれるはずだった人が大病で、今にも死にそうなほど重篤《じゅうとく》だったというのです。

兄さんの落胆は見るも気の毒なくらいでした。田邊の係累ではあるものの家がなければどうにもなりません。西山の家を売って見知らぬ土地に来たのも、その知人に家を見付けて貰うのを恃《たの》みにしていたのです。

そんなわけで、しばらく松平邸に滞在せざるを得なくなったのですが、もうひとつ、大きな問題がありました。津山の食料事情がよくなかったのです。来る前の噂では、野菜が豊富だということでしたが、熱海の方が遥かに潤沢でした。

野菜の配給など半年に一度しかなく、近隣に買い出しに出ても、疎開者である私たちには誰も何も売ってはくれません。持参した米もなくなり、次第に足りなくなる食料を思って、兄さんの焦慮《しょうりょ》はますます募ったようです。

それに、松平家にも次第に居辛くなってきました。殿様の縁戚とはいえ、大勢の人間が居候をしているのです。

そんなある日、私のところに、田邊から手紙が届きました。「事に依ったら東京へ出るついでにそちらまで行く」と、書いてあったのです。まさか、と半信半疑でいましたが、六月二日、大きなリュックを背負った田邊がやって来たのです。

「重ちゃん、元気かい？」

驚いたことに、私は思わず号泣してしまいました。まさか、こんなところまで会いに来てくれるとは思いもしなかったからです。

「もう戦争が終わるまで会われへんかと思ってた」

私が泣いて言いますと、田邊も私の肩を抱き寄せて泣くのです。

「僕もそうだよ。空襲の報があるたびに、重ちゃんは生きていてくれるだろうかと心配でならなかった」

「生きていますよ」

「よかった」

二人で抱き合って泣いていると、外出していた兄さんが息せききって戻って来ました。

「これはこれは、弘さん。こんな遠距離をよく来てくれた」

侘びしく心細い思いをしていた時だったものですから、田邊が会いに来てくれたことで誰もが助けを得たような救われた気分になったのでした。

しかも、田邊の登場によって、周囲の態度が劇的に変わったのでした。松平家の殿様のご令弟が来たと、役場の者が挨拶に来たりして、津山でも騒ぎになったのです。

　また、田邊が北海道から担いで来てくれた物資にも、救われました。小豆、バター、小麦粉、スルメ、昆布。これだけあれば、近所の農家と交換もできるでしょう。

　今度ばかりは、兄さんと松子姉も、たいそう感激した様子でした。以来、兄さんも、田邊の評価を一変させたようです。松子姉も、あれだけのことを言ったのに、窮乏している時に助けてくれた、と恩義を感じて田邊を大事にするようになりました。

　私も、不思議なもので、兄さんに認められた途端、田邊を前より好きになりました。田邊の評価が上がったのなら、私に相応しいのかもしれない、と思ったのです。

第二章　娘花嫁

1

海の幸《さち》山の幸背負ひ妻恋《こ》ふと蝦夷《えぞ》より来ます美作《みまさか》の国へ

昭和二十一年の正月、兄さんが田邊のために詠んでくれた歌です。

「妻恋ふ」は、函館に職を得て遠く離れてから、私への態度を改め、夫としての自覚を持った田邊への賛辞かと思います。が、「海の幸山の幸」とは、いかにも兄さんの飽くなき食への欲望が表れているようにも感じます。

津山に辿《たど》り着いたはいいが、家も食べ物もなく、これからいったいどうなるのか、と途方に暮れていた私たちですが、何とかその日を必死に生きているうちに、とうとう日本は終戦を迎えました。

命あっての物種、と喜んだのも束の間でした。私たちを待っていたのは、混乱の最中の、強烈な物資不足だったのです。

家もなければ、食べ物もない。私たちは、津山を出て勝山《かつやま》という土地に間借りしながら、京都に時折出かけては適当な家を探し、食べ物を入手しようと奔走していました。兄さんは、予定通り、順調に『細雪』を脱稿されていましたが、苦しい時代はまだまだ続いていたのです。

おりたちて馴れぬ厨《くりや》の水仕事したまふ人にしら雪のふる

こちらは、同じ日に、私にくださった歌です。

私だけでなく松子姉も、毎日台所に立っていました。女中たちと一緒になって、野草のアクを抜いたり、小麦粉に雑穀を入れて量を増やしてうどんを練ったり、手に入れられる食材に様々な工夫を凝らして、少しでも兄さんの口に合う食事を作ろう、と女たちが悪戦苦闘していたのでした。

ともかく、皆の口を満たすだけの日々の食べ物の入手が、もっとも難儀しました。そんな中で、田邊が函館から担いで持って来てくれる食物が、私たちの命を繋いでくれたと言っても、過言ではありません。

函館から勝山までは、とても遠い道のりです。船に乗り、列車を幾つも乗り換えて、数日かけなければなりません。しかも、切符を手に入れるのはひじょうに困難で、何とか手に入れたとしても、満員の車中では座ることはおろか、ご不浄に立つことも容易ではないと聞きました。

田邊はたった一人で、貴重な物資を詰め込んだリュックを担ぎ、ひとつも盗まれることなく、道中、機転に機転を重ねて、勝山まで来てくれたのです。それも何度も。

田邊の機転と判断の良さは、アメリカを流転しているうちに培《つちか》われたものでしょうか。それとも、生まれつき抑えがたい何かが田邊に備わっていて、それが過剰なあまり、中学を退学になったり、職業を転々としていたのでしょうか。

それを「冒険心」と呼んでもいいのかもしれませんが、兄さん始め、私たちの誰も持ち合わせてはいないものでした。

田邊の冒険心は、平和な時代にはまったく役に立たないどころか、むしろ収まりの悪い、不要なものだったかと思います。しかし、戦時中のような混乱期には、とても有効だったのです。

私たち姉妹にさえ、「殿様」と揶揄《やゆ》されていた気まぐれで移り気な田邊に、そのような逞《たくま》しさがあることは、大きな発見でした。

もちろん、兄さんも、内心では田邊を軽《かろ》んじておりましたから、この一件だけで、田邊の株は上がりっぱなしだったのです。田邊自身も意気に感じて、ますます機転に磨きをかけたのでした。人間というのは、不思議な生き物です。

例をあげますと、二十一年の正月、田邊が担いで来た北海道の土産物《みやげもの》は、こんな品々でした。

新巻鮭《あらまきじゃけ》二　出し昆布半年分

鰊《にしん》漬け一樽　練雲丹《ねりうに》一瓶

イカ塩辛一瓶　イカスモーク

ホッケひと塩数尾　鰯《いわし》ひと塩十尾

七面鳥料理を弁当箱に一杯　バター数ポンド

進駐軍缶詰及び煙草数種、チョコレート、砂糖、葛《くず》等

米国の雑誌、ライフ、タイム、エスクワイア

数の子だけが入手できなかった、と田邊は悔しがっていましたが、兄さんが手紙で頼んだ品々はほとんどすべて持って来てくれました。しかも、煙草や雑誌という嗜好品《しこうひん》まである、という気の配りようです。

これらの品々は、私たちの食卓にのぼるだけでなく、米や味噌、醤油《しょうゆ》を得るための物々交換に、とても役立ったのです。

こうして田邊は、谷崎家にとって、なくてはならない重要人物になっていきました。兄さんが「弘さん、弘さん」ととかく名前を呼んでは、一目《いちもく》置くのを見るにつけ、私の愛情も深まっていったのです。

いいえ、私が現金だとは思いません。田邊の新婚時代の滅茶苦茶ぶりを思い出せば、田邊を好きになれ、という方が無理でした。

しかし、戦争という乱世でこそ価値のあった田邊の「冒険心」も、世の中が落ち着き始めますと、また次第に不要なものになっていくのでした。

やがて私たちは京都に借家を借りて移ることになりました。田邊も、二十一年の九月、函館の会社を辞めて、京都にやって来ました。「日本羽毛会社」という、羽根布団を売る会社に勤め始めたのです。主に進駐軍相手ですから、英語のできる田邊は重宝されたようです。

私と田邊は、それを機に、一緒に暮らし始めました。戦時中の、死を覚悟した別れがあったからこそ、私たちは再び夫婦に戻ることができたのです。

田邊の会社は、日本橋にも支社がありましたので、しょっちゅう出張していましたが、以前と違うのは、田邊の素行が劇的に改まったことでした。女遊びや深酒をするでもなく、おとなしくなったのです。

後で考えてみると、穏やかになったのは、すでに田邊の体を蝕《むしば》み始めていた癌のせいでもあったかもしれません。いえ、きっとそうだったのでしょう。

田邊はひと言も言いませんでしたが、本人にしかわからない体の異変を感じていたのかもしれません。

私はそんなことはつゆほども思わず、田邊と前よりも仲良く暮らそう、と決意していたのでした。そこには、「女の実績」を誇った、松子姉への密かな対抗心もありました。いいえ、松子姉だけではありませんでした。「好きだ」などと言って、私を混乱させた兄さんへの「対抗心」のようなものも、芽生えていたのです。

その対抗心とは、もう兄さんに翻弄されたくないという、強い決意でした。それは、田邊に対する愛情に変わったのです。田邊は、物資不足の戦時や終戦直後には兄さんたちにちやほやされました。でも、時代が落ち着いたら、次第にまた疎《うと》んじられるようになりました。そのことに気が付いた時、私にはようやく田邊に対する愛情が湧いてきたのです。それならば、私たちは、兄さん夫婦の陰に引っ込んでいなければならない立場なのでした。

二人で家族となって生きていこうと思ったのです。

ある夜、田邊と私は二人でウィスキーを飲みながら、将来の話をしていました。ウィスキーはジョニーウォーカーの黒ラベルという高級品で、田邊が顧客の米軍関係者から貰ったものでした。

「もう、あたしらは子供を持てへんのやろか」

実は、私たちは一向に子が授からないので、医学的な検査を受けたこともあるのです。その時は、問題は発見されませんでした。

「重ちゃん、数えで幾つ？」

田邊が問いますので、私は正直に答えました。

「数えやったら、四十一歳や」

「もう無理かもしれないな」

以前の田邊ならふざけ散らしたことでしょうが、その夜は違いました。暗い声音《こわね》でした。

「無理？　そやろか」

諦めきれずに呟くと、田邊が謝るのです。

「いや、俺のことだよ。重ちゃんじゃない。ごめんな、重ちゃん。俺なんかと結婚したから、子供も持てないね。俺はもう歳だから、子種がないんだと思うよ」

「ほな、田邊家はあたしらの代でおしまいやね」

ところが、急に思い付いたのか、田邊は明るく言いました。

「いや、養子でも貰って、孫の成長を楽しみに生きよう」

私は苦笑しました。養子夫婦から生まれる子供は確かに「孫」ではありますが、血の繋がらない子供を可愛がれるものでしょうか。

「何や悲しいわ」

私が項垂《うなだ》れると、田邊は手にしたグラスを軽くぶつけて、「乾杯」と小さな声で言いました。

「そんなこと言わないでくれよ、重ちゃん。互いに戦争を生き抜いたんじゃないか」

確かにそうなのでした。私たちは、戦争を生き抜いたのです。そして、ようやく摑んだ田邊との暮らしでした。

二人の関係が安定したが故《ゆえ》の嫉妬だったのか、焦燥だったのか、田邊が戦後になって逆上して激怒したのは、ただの一度です。

前にもお話ししましたが、『細雪』が完成して、田邊がそれを読了した後でした。自分が「御牧実」となって、以前の自分が、兄さんにどう思われていたのか、ようやく認識したからでしょう。

そこまで書かなくてもいいじゃないか、としばらく不機嫌でしたが、今になってみれば、哀れなことでした。なぜ哀れかと言えば、田邊にはまだ小説家の側にいる覚悟ができていなかったからです。それは、幸福のようでいて、不幸でもあるのです。

そのうち、田邊は以前と同じく、気まぐれで仕事の長続きのしない夫に戻ってしまいました。

私が大変呆れて怒ったのは、祐天寺の家を売った時のことです。

田邊が、家をたったの十万五千円で売ったと言うのです。買ったのは、当時、その家に住んでいた木村氏でした。十万円を現金、五千円を月払い、という条件でした。

いくら何でも安過ぎると思い、私は田邊に文句を言いました。

「そんな安い値で承知する法てあるやろか」

田邊はふて腐れています。

「早く決めたいんだよ」

殿様の気まぐれが出た、と私は呆れました。自分が苦労して買った家ではなく、康秋氏がぽんとお金を出して買ってくれた家だから、執着しないのです。

「なんぼなんでも、安過ぎるんやない？」

「いいんだ。十万は現金だって言ってるんだから、いい条件だと思うよ。だって、日本がこの先どうなるかわからないじゃないか。現金を摑んでいる方が得だよ」

私には適当な言い訳に感じられてなりませんでした。祐天寺で百坪ならば、二十万はするでしょう。

私はどうにも納得がいかずに口を開きかけましたが、田邊は大声で怒鳴るのです。

「もう面倒臭い。これでいいじゃないか」

それきりになってしまいましたが、私は兄さんに口利きして貰おうかと真剣に考えたほどです。兄さんの言うことなら、田邊も聞くだろう、と。

しかし、田邊は、当時、兄さんを少し煙たがるような素振りを見せ始めていましたから、それは果たせませんでした。兄さんも、田邊が職を変えたことが気に入らなかったのです。

田邊が、「日本羽毛会社」を辞めたのは、その一年後のことでした。今度の勤め先は、米軍将校のオフィサーズ・クラブで、英語を生かしてマネージャーということでした。

私はまたぞろ田邊の悪い癖が出てきた、と不安に思いましたが、毎日英語を使う米軍相手ならば、田邊の「冒険心」も、少しは落ち着くのではないかと、何も言いませんでした。

私たちはその頃、鶴山町《つるやまちょう》に間借りしていましたが、大家の娘が結婚するというので、家を出なければならなくなり、下鴨にある三井《みつい》別荘の離れ家を借りました。

一方、南禅寺に暮らしていた兄さんたちも、より広い屋敷が欲しい、と家の物色を始めていました。

下鴨にある、度量衡《どりょうこう》店主の別荘を見に行った時のことです。私たち夫婦もお供しましたが、田邊がひと目で気に入って、兄さんにしきりに勧めました。それが、この物語の最初にお話ししました、「後の潺湲亭」です。

兄さんたちが潺湲亭に移った後、私たちは兄さんたちの住まっていた南禅寺の家に越しました。その年に田邊が儚《はかな》くなり、私も潺湲亭に住まうことになるとは、当時、想像もしていませんでした。

田邊が亡くなったのは、昭和二十四年の十月十五日。享年五十一でした。田邊が突然、コーヒー色をした血を吐いたのは、その四カ月前のことでした。

「僕も胃癌じゃないだろうか」

妹の一人が胃癌で亡くなっていましたので、田邊はとても気にしていました。実は、その一年前にも、激しい胃痛を起こして大騒ぎしたことがあったのです。

その時は胆石という診断でしたが、終戦後間もない時でしたから、よい専門医を探すこともできなかったことが悔やまれます。

田邊の死は、兄さんたちから離れて、二人でやっていこうと決心した矢先でした。私の悲しみと落胆は大きかったのです。田邊との暮らしで、これまで頼っていた兄さんたちから、精神的に離れられたのではないか、と思った瞬間もあったからです。

しかし、四十九日の法要が終わった後、兄さんが私の側に来て、こう囁きました。

「重ちゃん、潺湲亭にいらっしゃい。弘さんに代わって、あんたの面倒は一生見るよ。今度こそ死ぬまで一緒だ」

「兄さん、以前もそう仰ってくださいましたよね。あの時は嬉しかった」

私が思いきって言いますと、「西山で、ですか?」と、兄さんがぎろりと横目で私の方を見ました。

「へえ」

「あの時の重ちゃんは、弘さんと別れるつもりでしたね」

兄さんが念を押しました。

「確かにそうでした。一緒に函館には行きたくないと」

「だからですよ」

兄さんはそう言って、手に持った数珠《じゅず》を懐に仕舞いました。何だ、家族に対する庇護でしかなかったのか。

落胆のあまり、涙が滲《にじ》みましたが、兄さんには私が田邊の死を悲しんでいるとしか思えなかったことでしょう。

2

お恥ずかしい話をいたしましょう。

田邊の死を契機に、私はある悪習に取《と》り憑《つ》かれてしまったのです。

私はお酒を飲まなければ眠れなくなり、そのうち、完全に酔うまで飲まないと我慢できないようになってしまったのです。

もともと森田家は、飲酒には寛大でした。父は、私ども姉妹が子供の頃から晩酌の席に侍《はべ》らせては、お猪口《ちょこ》で一杯、それ、もう一杯飲んでごらん、などと囃《はや》し立《た》てて面白がっているような人でした。

そんな育ち方をした私たち姉妹にとって、お酒は特別なことでも何でもない、日常の嗜み、そして楽しみでもあったのです。

魚屋が生きのいい鯛《たい》を持って来たから、今日は伏見《ふしみ》の冷や酒で、とか、赤葡萄酒のいいのが入ったから、今日はヘット鍋にしよう、などという話ばかりしていたのです。

若い女が飲酒とは、と呆れる方もいらっしゃるかと思いますが、森田の家には、何でも許される快楽主義的なところがありました。

『細雪』に、主人公の「雪子」が淋しい目鼻立ちなのに、化粧をすると映えて、衣裳はとても派手好みだと書いてありました。確かに、私の実家は何でも華やかに、派手やかに、という家風でした。

きっと、私ども関西の金持ちは、どこよりも開放的なのでしょう。また、開明的でもありました。それは、兄さんのもっとも気に入った点だったのではないかと思われます。

兄さんは、つまらない見栄《みえ》を張って、世間体《せけんてい》を気にする人間を軽蔑していましたし、女を封建的制度に閉じ込めることも、殊の外嫌っていました。

以前、「後の潺湲亭」に、レビーさんというフランス人ピアニストのご夫妻がいらして、お茶のお点前を所望されたことがあった、とお話ししたかと思います。

松子姉も私も、茶道は習っていませんでしたので、代わりに山伏病院の院長夫人と、後に清一と結婚する千萬子が、お点前を披露した、と。

その後、嫁に来た千萬子に、「潺湲亭には、いいお茶室があるのに勿体ないことですわね」と厭味を言われたりもしましたが、森田家の女たちは、茶道の嗜みはなくても、美酒を好み、面白い芝居を見物し、季節ごとに桜や紅葉を愛《め》でては歌を詠み、楽しく暮らしていたのです。

しかも、私の結婚した相手が大酒飲みで、「冒険家」の田邊です。田邊も、家では私と杯を上げて飲むのが大好きでした。

そのせいか、私の酒量も上がり、日本酒や葡萄酒のみならず、以前はあまり縁のなかった蒸留酒のウィスキーやブランデー、たまにウォッカなども、頂くようになっていました。田邊が亡くなった後も、兄さんや松子姉と暮らせば、毎夕の食事には必ず、日本酒か葡萄酒を頂くのが習わしとなっていました。

その献立を考えるのも、私は得意でした。実は私は松子姉よりも料理が上手で、献立を考えるのにも長けており、その料理と合わせるお酒を選ぶのも、たいそう気が利いていると皆に褒められるのでした。私が根っから、お酒と相性がよかったせいではないかと思われます。

正直に申し上げれば、田邊が亡くなってから、私に遺《のこ》されたものは、アルコールだけになってしまったと言っても過言ではないのです。いえ、大袈裟《おおげさ》ではありませんとも。

私は田邊を憎んだこともありました。別れようと真剣に考えたことだってあります。暴力をふるわれたことや、裏切られたことも、二度や三度ではありませんでした。

でも、田邊のいない今、心も体も寂しくてならないのです。松子姉が言った「女の実績」とは、その両方の充実のことだったのだとわかった途端に、田邊がいなくなってしまったのですから。

田邊との結婚生活は、足かけ九年という短いものでした。その間、日本は日中戦争に始まって太平洋戦争と、ずっと戦争をしていました。

戦争が、田邊の成功しそうだった木工デザインの仕事を台無しにして、私たち夫婦を引き裂き、田邊の寿命を縮めたのではないか、とすら思えるのです。

そんなことを考えると、私は田邊が哀れになり、かつ、そんな運の悪い男に嫁入りした自分も哀れで、泣けて仕方がないのでした。

あれは、昭和二十四年九月三十日のことでした。私ども森田の母親の三十三回忌の法要を、百萬遍《ひゃくまんべん》で執《と》り行《おこな》った時です。

三十三回忌と言えば、弔《とむら》い上《あ》げですので、森田の長姉、朝子も前日に上洛《じょうらく》致しました。

朝子の目的は、法要の他に、田邊の見舞いもあったのです。その頃は、田邊が癌でそう長くは保《も》たないだろう、と親戚中が覚悟していたのでした。

田邊が他界したのは十月十五日でしたから、九月末と言えば、田邊がもっとも苦痛にのた打ち回っていた頃でした。

あまりの苦しみぶりに、モルヒネを手に入れようと、兄さんが奔走してくださったのですが、あいにく進駐軍の統制が厳しい頃でしたので入手できませんでした。退院して南禅寺の家に戻って来ていた田邊の苦悶《くもん》ぶりは、看護する方も辛くて正視できず、私は心身ともに疲れ果てていたのです。

田邊には、もちろん癌だとは告知していませんでした。それなのに、親戚の者が大勢訪れたりするので、不審に思っていたようです。

ある夜、私が田邊との別れを思って部屋でめそめそしていると、ご不浄に立った田邊がたまたま覗いて、話しかけられたことがありました。

「重ちゃん、何で泣いてるんだ」

その目には、疑念が浮かんでいたように思います。

「泣いてへんよ」

私は笑って取り繕おうとしたのですが、思うようにできませんでした。

「いや、泣いてる」

「看病で疲れたんや」

それは本当でした。

「そうかそうか。苦労かけるな」

田邊は、おとなしく部屋に戻って行きましたが、今思いますに、田邊は必死に隠そうとしている私を憐れんで、騙されてくれたのでしょう。

そんな心痛もあって、私はよほど追い詰められていたと思われます。


亡母の法要は、兄さん、そして私たち四姉妹、清一、美恵子で執り行い、法要後は潺湲亭に戻って、辻留《つじとめ》のお弁当を頂いたのでした。

久しぶりに全員が顔を合わせたこともあり、悲喜こもごも、話も弾んで楽しかったのですが、田邊のことになると、皆が打ち沈みました。

その席で、朝子姉が溜息混じりで言いました。

「重ちゃん、弘さん、痩せはって面変わりしやはったねえ。あれやったら、街で擦《す》れ違《ちご》うてもわからへんやろね」

そう言われただけで、私は泣いてしまいました。お酒が入ると、涙もろくなってしまうのです。ええ、私は泣き上戸《じょうご》なのです。

「姉ちゃん、重ちゃんが泣いてしまうさかい、それ言うたらあかんやろ」

松子姉がはらはらしながら止めましたが、私は泣きじゃくってしまいました。お酒を飲んだことで、一気に日頃の鬱憤が爆発したような感じでした。

じきに田邊との別れが迫っている。長かった戦争がやっと終わって、これからという時に、私は一人になってしまうのだ。

悲しみとも焦りとも怒りともつかない、何とも言えない切ない思いが湧いてきてしまうのでした。私は傍目《はため》も顧《かえり》みず、号泣しました。そして、皆の制止を振り切って、そこにあるだけのお酒をがぶ飲みしてしまったのです。

果ては泣きながら気を失い、酒席を滅茶苦茶にしたことも気が付きませんでした。この時、誰もが、私が悲しみのあまりお酒に逃げているのはわかるが、度外れていやしないか、と思ったことでしょう。

ここからは、後で聞いた話です。私はほとんど覚えていないからです。

宴席に、田邊が勤めていた進駐軍のオフィサーズ・クラブの上司である、ディーンさんが来訪されたのです。

私は酔って正体を失っていたにも拘《かか》わらず、ディーンさんを送って出て行って、溝に転げ落ちてしまったのだそうです。顔を打って血だらけになった私は、そのまま泣き寝入りしてしまいました。慌てて兄さんがお医者様を呼んでくださり、皆で、私を南禅寺の家まで送ってくれたのだとか。

翌朝、ひどい二日酔いで目が覚め、おまけに鏡を見ると、顔が無残に腫れ上がっているではありませんか。自分でも、びっくりしました。そこで、松子姉から昨夜の行状を聞かされたのです。

病人の部屋に行くと、田邊は痩せ細り、入れ歯も入れていませんから、皺《しわ》だらけの口許をして髭《ひげ》はぼうぼう。ひどい顔をしておりました。が、口だけは達者で、べらんめえで言うではありませんか。

「おや、お岩さんかと思ったら、何だ、重ちゃんじゃないか。いったいどうしたんだよ」

「ゆうべは、辻留さんのお弁当が美味《おい》しうて、飲み過ぎたんよ」

「何だよ。俺は水薬で、あんたは酒かい。いいなあ。俺も浴びるほど飲みてえよ」

私は田邊が元気に装っている姿を見ていると、またしても涙が出てきてしまうのでした。私がこんなに泣いていては、田邊も死ぬに死ねないとわかっているのに、感情が失禁しているかのように、だらだらと泣けてしまうのです。

「重ちゃん、やめなさいよ、泣くの」

さすがの田邊も、うんざりしたのか苦笑いして諫《いさ》めるのですが、私の涙はどうにも止まりません。

「そんなに泣かれると、死ぬのやめちゃうよ」

田邊が自分の死を覚悟して冗談を言っている。こう思うと、またしても泣けてきます。目も溶けんばかりに、泣いて泣いて泣き止むことができないのでした。

結局、その後、二週間ほどで田邊は儚くなりました。あれだけ苦しんだのに、最後は安らかな死でした。

以後、私は田邊のあれこれを偲《しの》んで、ことあるごとに泣き、泣いては飲み、飲んでは泣いたのでした。

果ては、これから泣きたいから飲みます、と皆に断り、酒を持って蔵に入るようになりました。そして、蔵の中で思う存分、酒を飲んで酔って泣くのです。そうすると、すっきりしました。

そのうち、目的が逆転して、泣きたいから飲むのではなく、飲みたいから泣く、という具合になっていきました。私は、悲しいふりをして、蔵に籠《こ》もるようになったのです。すでに、私にはアルコールが必要不可欠なものになっていました。

いつでしたか、こんなことがありました。あれは、清一と千萬子が結婚する頃だと思いますから、田邊が亡くなって一年半は経っていたかと思います。

私が例によってめそめそしながら、ウィスキーの瓶を傍らに置いて飲んでいますと、蔵の外から声がかけられました。

「重ちゃん、ちょっといいかい」

兄さんです。私は慌てて涙を拭きましたが、意外にも涙はあまり、出ていませんでした。

「はい」

兄さんは、蔵の戸を開けて中を見るなり、あの太い眉を寄せました。

「何でこんな暗いところで一人でいるの」

「悲しうなると、飲みとうなるんです」

「わかっているけど、もういくらなんでも泣くのはやめにしたらどう？」

「そやかて」

兄さんにはわからないのだ、という言葉を呑み込みますと、兄さんは意外なことを言いました。

「重ちゃんは、このうちに居場所がないのかね」

ああ、兄さんはわかっておられるのだと思いました。潺湲亭には、私の居場所はありませんでした。また、一人で酒を飲むのも憚《はばか》られるほど、いろいろな人の目がありました。

兄さん、松子姉、美恵子、女中たちは六、七人もいます。

松子姉は実の姉ですが、朝から居間で酒を飲む私を許してくれるほど、寛容ではありません。「あんた、朝から何してるの」と言われたこともありました。

「そんなに飲んで、そんなに泣きたいのかい？」

兄さんは私を観察するような目で見てから、気の毒そうにウィスキーの瓶を見ました。

私が頷くと、心配そうに言います。

「体に悪いよ。それに、弘さんが亡くなって悲しいのはわかるけど、重ちゃんは泣き過ぎだよ。まだ四十三なんだから、老け込むのも早い。何か他に原因があるんじゃないか」

意外な言葉でした。

「他に原因なんてあらしまへんけど」

「いや、あんたは心の病気があるのかもしれないよ」

「心の病気？　悲しいだけですけど」

「その悲しみが長過ぎると思うし、酒を飲みながら泣いてはいけないよ」

「どうして？」

「両方とも後を引くからだよ。次の男を探そうか」

私はどきりとして兄さんの顔を見上げました。兄さんは、ふっと肩の力を抜いたように続けました。

「重ちゃん、再婚考えなさいよ」

やっと馴染《なじ》んだ田邊が忘れられないのに、あんまりではないか。

「いやです」

怒りが湧き上がるとともに、心の底を見透《みす》かされたような恐怖があって動けませんでした。兄さんには、私が田邊の体を恋しがっているのがわかったのでしょう。

でも、私は兄さんの提案を受けることはできませんでした。本当の私は、貞女でないのに、貞女のふりをしたかったからです。私はその点でも松子姉には敵《かな》わないのでした。そして、兄さんはそのことを見抜いておられるのでした。

3

飲酒は悪癖です。やめたくてもやめられない。

やめようと思うのなら、心を整えないと、やめることなどできません。では、どうしたら、私の愚かな心が整うのか。そんなことができるのだったら、お酒にとらわれることはないはずです。

兄さんが、「もういくらなんでも泣くのはやめにしたらどう?」と言ったのは、泣くのをやめるのではなく、酒をたくさん飲むのをやめなさい、という意味でした。本当に悲しくて泣くのなら、誰もそんなことは言いますまい。

私が堂々とお酒を飲むためには、悲しいから思う存分泣きたい、という理由付けが必要でした。

「悲しくなった」と言って、お酒を持って蔵に入れば、女中たちは気の毒そうな顔をして止めません。私は愚かにも、誰もが私の嘘に騙されている、と思っていたのです。

松子姉に注意されたこともありましたが、兄さんほどにはっきり言われたわけではありませんので、素知らぬ顔をしていました。

お酒を飲み始めると、何もかもが悲しいことのように思われ、涙が溢れてきます。

田邊が亡くなった時のこと、津山に行ってから、食べ物を手に入れるために売らざるを得なかった両親の大事な着物のこと、熱海の家に置いてきた愛用の品々、東京の朝子姉の家で居候同然で暮らしていた時の気苦労、松子姉と兄さんへの遠慮、そして寂しさ。

大きな悲しみから、小さな悲しみまで、取り返しのつかない過去から、希望のない未来まで、あれこれと際限なく思っては、くよくよ、めそめそ、涙が止まらなくなるのです。

果ては、この世に自分ほど哀れな女はいない、とまで思えてきます。

私以外の姉妹が皆、幸せに思えるのです。二人の姉、こいさん、どの姉妹の夫たちも皆元気で、しかも経済的にも潤っているというのに、自分だけ婚期が遅れた上に、こんなにも早く寡婦《かふ》になってしまったのはなぜ、と。

誰にも言えない、いえ、言ってもどうしようもない、人生の不公平感が噴出してきて、私は自分が世界一不幸せな女に思えてならないのでした。

ところが、さんざん泣いてしまうと涙は涸《か》れて、気分もすっきりします。その頃には、酔いが回って足元もふらつき、歌のひとつも歌いたくなります。

そして、どうせこのまま生きていくしかないのだ、と開き直ったり、どうなってもいいんだ、と自棄《やけ》になったり、兄さんや松子姉に対して悪態を吐《つ》いたり、普段はおとなしい私が、妙に攻撃的な人間に変わってしまいます。

そんな七変化《しちへんげ》の私を見られたくないが故に、私は蔵に籠もってお酒を飲んだのです。蔵でしか一人になれないという、住宅事情もありました。

「後の潺湲亭」には、兄さん、松子姉、美恵子、女中たちが常時六、七人おり、おまけに清一と千萬子の若夫婦までが一緒に暮らすことになったのですから、私が一人になれる場所など、蔵以外にはなかったのです。

では、未亡人となったのだから一人で暮らしていけばいい、と言われるかもしれませんが、生まれてこのかた、ただの一度も一人暮らしをしたことのない私には、そんな寂しいことなど、絶対にできないのでした。

友人もいませんし、また作ろうと思ったこともありません。私は、普通の人のように、心を整える術を知らないまま大人になりました。そして、谷崎潤一郎と姉の松子とが、世界のすべてだったのです。

そんな私の弱さと愚かさを、兄さんはわかっておられたのでしょう。人間観察が仕事である作家にとっては、私の弱さが好餌《こうじ》だったのです。その意味でも、作家と暮らすのは怖ろしいことでした。

兄さんは私を小説に書き、私を好きだと言って混乱させ、一緒に暮らそうと誘い、再婚を勧めて飲酒する私を諌めたのでした。私は完全に、兄さんの支配下におかれていたのです。

私の飲酒癖が、もともと気の合わない千萬子との仲を、さらに険悪にしたのかもしれません。若い千萬子には気付かれまい、と思っていたのが甘かったようです。とらわれているものがある人間は、それを早く手に入れたくて、周囲を見誤ります。

誰よりも鋭く、作家並の観察眼のある千萬子は、私の飲酒癖を真っ先に見破りました。もしかすると、女中の誰かが告げ口をしたのかもしれませんが。

時には朝から飲み続ける私を、家族中の誰もが心配し、その悪癖を忌み嫌《いきら》っていました。私は谷崎潤一郎の宝だったのに、いつの間にか汚点になってしまったのかもしれません。皆に汚点と思われているのではないか、と私は絶えず不安になり、いっそう酒量は上がりました。そして、ますます隠れて飲むことが多くなったのです。

最初にお話ししましたように、潺湲亭での朝食は、朝早く起きて書斎で仕事をする兄さんと、夫の清一を送り出した千萬子とが、居間で取る食事から始まりました。

松子姉や美恵子、私は廊下を隔てた座敷で寝ていました。十時過ぎに起きだして顔を洗い、着物を整えているうちに、早くも喉が渇いてきます。

私は素早く着替えて、台所に向かいます。

「おはよう」

奥にある冷蔵庫を開けると、狭い場所で作業していた女中たちが一斉に私を見ます。

「おはようございます」

女中頭である初が、「見るな」と、皆に合図をしているのがわかります。私は素早くビール瓶を抜き取って、さりげない風を装って聞くのです。

「ああ、暑いさかい喉が渇いた。栓抜きはどこ？」

「ここにございます。コップは幾つお持ちしましょう」

栓抜きを渡しながら、初が何か言いたげに私を見ますが、私は視線を逸らします。

「ふたつでええよ」

入ったばかりの女中が慌てて戸棚を開き、小盆にグラスをふたつ載せます。初が何気なく、その盆に栓抜きを置くのです。

「抜いてお持ちしましょうか」

若い女中が言うのを、手を振って「要らない」と合図をし、私はビール瓶を持って、さっさと居間に行きます。女中が栓を抜いて持ってくるのを待ちきれないのです。

女中が私の後を小走りに付いて来て、コップと栓抜きが載った盆を置いて出て行きます。

私はまず座敷を窺《うかが》います。支度をしている松子姉は、まだ着物選びでもたもたしているようです。

とっくに朝食を終えた兄さんと千萬子の姿はなく、座卓の上には、到来物のメロンやオレンジなど、季節のフルーツを載せた籠が残っています。

私はその前に座り込んで、まず一杯ビールを飲むのです。

この時が一番幸せでした。松子姉が来ないのを見計らって、急いで一本飲んでしまいます。もちろん、もうひとつのコップにも注いでおくのを忘れません。

もし、松子姉に見られたら、「喉が渇いたさかい、ビール抜いてしもた。姉ちゃんも飲まへん？」と言って誤魔化すつもりでした。

「お食事になさいますか？」

頃合いを見計らって初が聞きに来るので、私は何気ない顔で頷きます。

「そやなあ、今朝はフレンチトーストにしよか」

「はい、おビール、どうしましょう？　もう一本持って来ますか？」

空になった瓶を持って初が尋ねます。初は、私が一人で全部飲んだことを知っているのです。

「もうええから下げて」

証拠隠滅ではありませんが、私は顔に出ない質なので、片付けてしまえばビールを飲んでいたことはわからないはずです。

「わかりました」

初も共犯者のように急いでビール瓶を盆に載せて下がって行きます。この間、僅《わず》か十分くらいでしょうか。私は寝起きの一杯を飲んで、満足するのです。

当時、すでにアルコール依存だったのかと問われれば、そうかもしれません。でも、千萬子が来たばかりの頃は、まだその程度で済んでいました。

私のアルコール依存がもっと激しくなるのは、潺湲亭から北白川の家に越して、千萬子たちと一緒に暮らしてからでした。

私の居場所がない。それはどこでも同じでしたが、北白川の家ほど、そのことを辛く感じたことはありませんでした。それで私はますます飲まざるを得なかったのです。酒さえ飲めば、私は私でいられました。


田邊は亡くなる前、子の持てない私に、「養子でも貰って、孫の成長を楽しみに生きよう」と提言したことがありました。

その時は、田邊の家名を残すためかと思っていましたが、今となってみれば、歳の離れた私が、一人残されることを心配したのでしょう。

でも、田邊が亡くなってしまうと、私は田邊の家が途絶えてしまうことを何としても防がねばならない、と考えるようになりました。そのためには、養子を取って、田邊の名前を継いで貰わねばならないと思い詰めるようになったのです。

その拘《こだわ》りは、私が未亡人になってしまったことと関係があるかもしれません。夫に先立たれ、子のない私には、結婚していた証《あかし》は「田邊重子」という名前しかありません。

養子を取れば、私には「姑」という立場が出来、その夫婦に子供が生まれたら、「祖母」になれるのです。一人ぽつねんといる「田邊重子」よりは、姑であり、祖母である女の方が遥かに価値があるような気がしました。

松子姉は、妻で母です。いずれ清一や美恵子が結婚して子供ができれば、姑になり、祖母になります。私はそれが羨ましかった。自分も姑や祖母になれば、気持ちも落ち着くだろうと考えたのです。

ええ、田邊が亡くなった時、私はまだ四十二歳で、未亡人になるのは早過ぎました。閉じ込められたくないと叫びながらも、それでも自分を何かに閉じ込めてほしいと叫びたくなるような、矛盾した気持ちに苛《さいな》まれていました。

しかし、家名が残れば、それで万事が解決するわけではありません。後に残された人間が、今度は家という檻《おり》の中で、じたばた苦しむのです。むしろ、養子など貰わずに、田邊の代で途絶えてしまった方が、さばさばしてよかったのではないか、と思うことも何度かありました。

千萬子が、私の本当の息子の嫁ならば、違う感情も生まれたかもしれません。でも、家名を残すために養子に入ってやった、と割り切っている夫婦と、その夫婦との信頼関係を築きたいと願う私との間には、大きな溝があったのです。

千萬子が嫁いで来た時、千萬子は二十一歳。私は四十三歳でした。私はようやく女としての実績がどんなものか、摑みかけていた時でした。男という人たちが少しわかりかけていたのです。しかも、飲酒という悪癖を必死に隠して、でした。

何度もお話ししましたが、千萬子は日本画家、本橋寿雪先生の孫娘です。他の誰よりも賢く美しい故に、気位も高い娘でした。

その千萬子との確執がこれほどまでに深まったのは、兄さんが千萬子を気に入って可愛がっていたことだけでなく、千萬子が二十一歳という若さでありながら、すでに心を整える術を知っていたからかもしれません。

千萬子との軋轢《あつれき》は数え切れないほどありましたが、決定的だったのは、戸籍のことでした。

夫の田邊が死去したのが、昭和二十四年の十月。

兄さんたちと相談して、まず清一を養子として入籍したのが、昭和二十六年の一月のことでした。五月に清一と千萬子が結婚します。

私は、千萬子は田邊家の嫁として入籍したはずだ、つまり、千萬子は田邊家の嫁になった、とばかり思っていたのです。

やがて、若夫婦に子供が生まれます。それが昭和二十八年のこと。その時、出生届の書類を見ていて新戸籍が作られているのを知り、仰天することになりました。

その新戸籍から、私という人間は排除されておりました。田邊重子という人間はどこにもなく、あるのは、田邊という姓になった清一の名と、その妻の千萬子。そして子供の名が書いてあるだけなのです。

田邊清一と千萬子の一家は、田邊弘の家名を継ぐために養子に入ったはずなのに、その当主である田邊弘の名も私の名も、どこにも記載されていませんでした。

私は若夫婦から排除されたのだろうかと思って落ち込み、すぐに松子姉に愚痴をこぼしたのです。

「姉ちゃん、戸籍抄本見たら、あたしの名前があらへんかったのよ。どうしてやろ? あたしはあの人らを養子にしたのに、あたしが排除されたら、元も子もないやろ」

「おかしいねえ」

松子姉も首を傾げてしまいました。その夜、早速、兄さんに訴えてくれたようです。兄さんが清一を呼んで事情を聞き、ちょっとした騒ぎになりました。

「お義母様、お話があります」

翌朝、すぐに千萬子が潺湲亭の母屋にやって来ました。清一から言われたのでしょう。

「清ちゃんから聞きました。伯父様から叱られたって。でも、私たちがお義母様を排除するわけがありません」

「そやかて」

私は理路整然と自分の意見を述べる千萬子が苦手でしたので、早くも腰が退けました。しかし、千萬子は決して視線を外そうとしません。

「そやかて、じゃありません。昭和二十三年に戸籍法が改正されたんです。その時から、家はもう関係なく、夫婦単位で戸籍が作られることになったんですのよ。ご存じなかったんですか」

私は答えられませんでした。私が旧弊だと言われているかのような気がしましたし、私のために養子を取ろう、と言ってくれた、田邊の心も踏みにじられているように思って、気が塞ぎました。

4

「松子さんと重子さんは、とても仲良くていらっしゃいますが、反目なさったことはないんですか？」という問いを発せられたことがあります。

そんなことを聞いたのは、誰でしたか。

潺湲亭に通って来るうちに、少し図々《ずうずう》しくなられた中央公論の古参《こさん》の編集者の方でしたか。それとも、新しく兄さんの秘書になられた、好奇心旺盛な女性でしたか。あるいは、口の利き方も知らない、生意気な新入り女中の誰か、だったかもしれません。

寡婦になったとはいえ、当時の私は四十三歳。四つ違いの松子姉が四十七歳。二十一歳上の谷崎が六十四歳。老人世帯とも言えない私たちが、ひとつ屋根の下に住んでいるのですから、気になる方もいらっしゃったことでしょう。

反目がなかった、とは申しません。姉妹ですから、口喧嘩などは始終ありました。着物の柄の良し悪しから、到来物の食べる順番、果ては女中の評価から、ご用聞きの声音の好悪まで、何かと意見が違う時があって、どちらも自説を曲げないで大衝突、ということだってありました。

そんな時、すっと身を引くのは私の方でした。松子姉の方が年長だから、という理由でも、私が居候だからでもありません。

松子姉がちらりと見せる自信に、圧倒されていたからです。

松子姉は、文豪と呼ばれる谷崎が、生涯にただ一人、心から愛した女でした。それが激烈なる自信となって、松子姉の情緒は常にどっしりと安定し、女優のように装って微笑み、決して他人に心を読ませませんでした。

ですから、「松子さんは、重子さんに嫉妬したことはないのですか？」とは、さすがに誰も聞きませんでした。

しかし、『細雪』を読まれた方の中には、そのような妄想を持つ方も多かったようです。谷崎は本当は松子ではなく、重子に心惹《こころひ》かれていたのではないか、と。

確かに、『細雪』を書いていた時の兄さんは、常に私を意識していました。松子姉にはない魅力を、私の中に探し出していたようにも思います。

でも、今になってみれば、兄さんの心の裡《うち》は、誰にもわからないのでした。なぜなら、小説を書いている時の兄さんはその世界に没頭していて、兄さんのようであって、兄さんではないからです。

わかりにくいようですが、私たちは、兄さんの幻影を見ているだけなのでした。兄さん自身は、小説の毒に侵されてしまって、そこにはいないのですから。

小説の毒は、兄さんだけでなく、周囲の人間も侵してしまいます。兄さんがひとつの作品に夢中になっている時、私たちは必死に平静を保っていなければならないのでした。

そして、その保ち方は、妻である松子姉が一番長けていたのです。松子姉自身が、さんざん兄さんの小説に登場しているからです。松子姉は、小説の中身に、そして小説を書いている最中の兄さんに、心を騒がせることをとうにやめたのでした。

それが可能だったのも、兄さんの強い愛を感じればこそ、でした。男に深く愛される自信が、容易に女の心を整えるのです。

ところが、千萬子が来て以来、松子姉の心が徐々に乱れ始めたのです。松子姉は、兄さんの心が千萬子に移ったのではないか、と怖れていました。松子姉の絶大な自信が、たった二十一歳の若妻に脅かされていたのでした。

「重ちゃん、あの人と千萬ちゃんが何喋ってんのか、聞こえる?」

ある朝、襖がそろそろと開いて、私の寝ているところに松子姉が顔を出しました。私はびっくりして目を覚ましました。枕元の時計は、まだ午前七時過ぎです。

松子姉は寝間着を着たまま、青白い顔を巡らせて、廊下の向こう側にある居間の方を顎《あご》で示しました。化粧もせずに髪が乱れている様は、まるで老婆のようでした。妹の私も、思わず目を背けてしまうような。

居間からは、ナイフとフォークのカチャカチャ鳴る音と、ぼそぼそ喋る声が聞こえてきました。朝早くから書斎でひと仕事終えた兄さんと、清一を送り出した後の千萬子が、二人で朝食を取っているようです。

「聞こえへんよ」

私は、松子姉はいったい何を気にしているのだろう、と不思議に思いながら、居間の方を窺いました。兄さんの低い声が響いて、千萬子の笑い声が聞こえます。

「ご不浄に行くふりして、何を話しているのか、聞いてきてくれへん？」

「何で？ 姉ちゃんが自分で行けばええのに」

松子姉が私の声が大きい、と慌てて窘《たしな》めました。

「しっ。気にしてるて、思われとうないねん。それにあたしが通ると、あの人は話をやめてしまうよって」

私は仕方なく起き上がり、そろそろと襖を開けました。開け放した居間から、スクランブルエッグの匂いが漂ってきました。紅茶の香ばしい匂いもします。

私は、ご不浄に行きがてら、さりげなく廊下の端に立って耳を澄ましました。千萬子がずっと喋っているのは、フランス映画の話のようでした。兄さんが感心したように尋ねています。

「その話は面白いね。原作は誰なんだろうか」

「調べてみましょうか」

千萬子の言葉は、いつも簡潔でした。谷崎潤一郎を相手に、まったく臆《おく》するところなく対等に喋るので、兄さんも面白がっているのです。

「千萬ちゃん、調べられるかい？」

「友達に聞いてみますわ」

「お礼にビフテキでもご馳走しましょう」

「あら、じゃ、神戸に連れてってくださいな」

「いいね」

千萬子の声音は普通でしたが、兄さんの声は明らかに上ずっていました。私には衝撃でした。兄さんは、私たち姉妹と話す時よりも、明らかに高い声を張り上げて、若い千萬子と話すのを愉しんでいるのがわかったからでした。

やがて、私が佇《たたず》んでいるのを気付かれたらしく、千萬子がもっともらしく咳払いをしたので、私は慌てて寝室に戻りました。

「どうやった？」

「映画の話、してはった」

「楽しそうやろ？」

「そやね」

楽しそうやろ、と言った時の松子姉の横顔に焦燥の色が浮かんでいました。

「何か様子が変なんや」

「どんな風に」

「あの人は、いつも離れを気にしてはる」

「そやろか」と、私は気付かぬふりをしていました。

ご存じのように、私は気の強い千萬子とは、まったくそりが合いません。でも、清一の実の母親である松子姉は、私という人間が間に入っているだけに、千萬子とはうまくやっているように見えましたから、松子姉の苛立ちは私を驚かせたのです。

「あの人は、千萬ちゃんにこっそり小遣いを上げてんのや」

松子姉は、寝間着の前を掻《か》き合《あ》わせながら、溜息混じりに言いました。

「それ、ほんま？」

「ほんまよ。この間、庭で擦れ違うた時に、こっそり封筒のような物を渡してた」

「千萬ちゃんはどないしたん？」

「平然と貰うてたわ。あの子、あんな顔して、結構図々しいねん」

「若い嫁なんやから、小遣いくらい渡すやろ」

私は千萬子の味方などしたくはありませんでしたが、松子姉の気持ちを収めようと、ことさら平然と言いました。

「そやな。そやけど、呉服屋呼んだ時に、あの人が千萬子にも一枚作ってあげなさい、と言うたんよ。その時、ちょっと照れているような顔しやはったので、おかしいなあと思うた。それに、いつも朝は二人だけでご飯食べて、ちょっと他人は入れへん雰囲気やろ？一度、ご不浄に起きたことがあってん。その時、『おはよ』言うたら、あの人がうちの顔見て、一瞬迷惑そうに眉を曇らせたんを見たんよ」

「気のせいやろ」

私はまだ、半信半疑でした。松子姉の心配もわからないことはありませんが、何と言っても、兄さんは六十四歳で、千萬子は二十一歳。祖父と孫娘と言ってもいいくらい、歳の開きがあるのです。

千萬子は私から見ると生意気で、どうにも可愛げのない嫁でしたから、癪《しゃく》に障《さわ》って仕方がないことは多々ありましたが、まさか兄さんの心を攫《さら》っていくとは、予想だにしませんでした。

疑念が一度心に染み付くと、次々と証拠を拾ってくるようになります。私と松子姉は、新たな心痛を抱えることになってしまったのです。

とはいえ、私と松子姉は、若い千萬子に頼ることも多かったのです。例えば、デパートに買い物に行く時や、映画を見に行く時は、大概、千萬子を連れて行きました。

千萬子は気が利いて、便利だったからです。タクシーを摑まえて行き先を告げる。皆の荷物を持って、食堂ではいち早く席を取る。

若い千萬子にすれば、私たち二人の中年女、いえ彼女から見れば老年の女の相手をするのは、面倒臭いことだったでしょう。それでも、千萬子は単なる仕事と割り切ったのか、てきぱきとこなして、かつ自分の意見もはっきり言うのでした。

デパートに買い物に行った時など、品物を見ながら進言します。

「あれは美恵子ちゃんが着ると似合いそうです」

胸に刺繍がしてある上品なカーディガンでした。私たちは洋装などしませんから、若い女の洋服はよくわかりません。

千萬子に言われると、なるほど、と思うのでした。美恵子はおっとりしていますから、レースやフリルの付いた服を好んで着ていました。

反対に、千萬子はいち早く黒いトックリセーターを着たり、スキーパンツのようなズボンを穿いたり、控えめな美恵子には真似のできない洒落た格好をしていました。そんなことも、兄さんの気に入ったのでしょう。

「重ちゃん、ちょっと買うて来て」

松子姉が、私を物陰に呼んで言い付けます。私はこっそり売り場に戻って、美恵子のために、件《くだん》のカーディガンを買ってきたのです。

後に千萬子が、その場で美恵子のカーディガンを買うと、私の分も買わなければいけなくなるため、こっそり戻って買ったのだ、と喋っているらしいことが耳に入ってきました。

私は不快でした。美恵子は松子姉の娘ですし、私も可愛がって育ててきました。私がこっそり戻って買ったのは、千萬子の分を出すのが嫌だったのではなく、美恵子だけに買うのが申し訳ないと思ったからです。

千萬子は、千萬子の好みのものを好きな時に買えばいいのですし、欲しければ欲しいと言ってくれれば、松子姉も買ってやったことでしょう。あたかも、金を惜しんでいるかのような言い方は、とても無礼でした。

千萬子が身ごもった時、松子姉は、これで兄さんの気持ちも少し収まるのではないか、と安心した模様でした。私もとうとう待望の「祖母」になるのですし、田邊の跡継ぎも生まれるのですから、もっと嬉しく思えるはずでした。が、意外にも心はあまり浮き立ちませんでした。

昭和二十八年、千萬子は可愛い女の子を産みました。兄さんは、たいそう喜んで、「のゆり」という美しい名前をつけました。可愛い女の子なら、家族に加えたいからです。いつも、男は兄さん一人でいいのです。

やがて、兄さんは、自分の血を引いた孫ではないのに、のゆりを目の中に入れても痛くないほどに可愛がるようになります。千萬子の子だからでしょう。しかも、のゆりに会うことを名目に、兄さんと千萬子との距離は、いっそう近付いたのでした。兄さんと松子姉、私の三人の関係も変わってきました。私はまだ四十代で、松子姉は五十代になったばかりでしたのに、二人は、幼いのゆりの「ばぁば」ということになってしまったのです。

松子姉が「大きいばぁば」、私が「小さい（ちっちゃい）ばぁば」、千萬子の母親で、山伏病院の院長夫人は「煙草（ぱっぱ）のばぁば」と呼ばれるようになります。女の実績を積むのは、千萬子一人の時代に変わっていたのです。

昭和三十年、清一と千萬子とのゆり、そして私の四人は、北白川に建てた家に引っ越すことになりました。私と田邊が望んだはずの、田邊家を継いだ新しい家族が、ようやく独立したのです。

翌年の暮れ、健康の優れない兄さんは、暑さ寒さの厳しい京都を離れる決心をして、潺湲亭を売りました。すでに数年前から熱海の伊豆山に家を買い、行き来していたのです。ほぼ七年半暮らした「後の潺湲亭」とも、これでお別れとなりました。潺湲亭は、懇意にしていた日新電機という会社が、そのまま屋敷を維持する、という約束で買ってくれました。

「後の瀞溪亭」を買う時、まだ元気だった田邊が「いい屋敷だ」と感激していましたから、私は思い出深い瀞溪亭と別れるのが、悲しくてなりませんでした。

いいえ、瀞溪亭との別れよりも、兄さんや松子姉から離れて、北白川の家で千萬子たちと暮らすのが辛かったのです。前にもお話ししましたが、北白川の家には、私の居場所などなく、私は逃げるように、始終、伊豆山の方に入り浸っておりました。でも、兄さんは、千萬子とのゆりに心を残していたのです。何と皮肉なことでしょう。

5

清一と千萬子の北白川の家は、左京区の北白川宮の住居跡の崖下にありました。昔、北白川宮の厩《うまや》があった場所だそうです。そのゆえんでしょうか、仕伏《しぶせ》町のバス停を降りてから、御殿橋という名の小さな橋を渡って上って行くのです。

道路は、未舗装のデコボコした地道でした。家からの眺めは素晴らしくよくて、遠くに愛宕山《あたごやま》が見えましたが、私は坂を上るのが苦手でした。

兄さんも京都に滞在する時は、泊まりに来ましたが、やはり坂を上るのに難儀していました。でも、清一や千萬子にとっては何の苦もなさそうでした。二人とも若かったし、潺湲亭の窮屈な暮らしから逃れてほっとしていたのでしょう。

潺湲亭では、六百坪の敷地の中に、母屋、書斎、洋館、蔵、離れなどの建物が建ち、兄さん夫婦に美恵子、私、女中が六、七人と、大勢の大人が寄り集まって暮らしていましたから、いくら離れにいるとはいえ、若夫婦には窮屈だったのです。

北白川の家は和風の造りでしたが、台所と居間が、洋風にひと続きに改築されていて、千萬子は、そこをリビングルームと呼んでいました。リビングルームの南側テラスから、庭へとそのまま出ることができたのも、たいそうハイカラな感じでした。

庭は緩やかに勾配《こうばい》していて、五、六十坪はありましたでしょうか。芝生が敷き詰められていて陽当たりがよく、千萬子はその庭がひと目で気に入った様子でした。

「この家にしようと決めたのも、庭が気に入ったからですよ」と、兄さんに説明していました。

芝生の庭で、二歳になったばかりの娘を遊ばせて、時には友人たちを呼んで、バーベキューパーティなども開いていたようです。

潺湲亭に住んでいますと、庭は鑑賞の対象であって、そのためには手入れを怠ってはならないということが骨身に沁みます。美しい庭を持つ喜びと、その庭を保つ苦しみとを与えてくれるものだったのです。

だからこそ、持ち主を満足させるだけの作庭家の主張が存在しなければならない、というのが、田邊の持論でした。兄さんも、同じ意見で、潺湲亭とその庭を愛していたのでした。

でも、千萬子の発想はまるで逆でした。庭は自分たちがくつろいだり遊んだりする場所で、鑑賞するものではないと言うのです。気まぐれで、芍薬《しゃくやく》や薔薇《ばら》の咲き乱れる美しい花壇を作ってみたかと思うと、ある場所は野草を茂らせたりします。

その気ままで自由な暮らしぶりに、私はついていけませんでした。

同じ京阪の出身でも、育った年代が違えば考え方はまるっきり違います。

松子姉も私も、大阪の船場育ち。着道楽で歌を詠み、季節の遊びに興じてお能も歌舞伎も大好きでした。でも、千萬子は、面白いと感じる勘所《かんどころ》がまったく違うのです。

英語が得意で、翻訳ミステリイ小説を読み、洋画をよく見に行き、スキーやダンスが好き、という活発な娘でした。

千萬子は、着物もひと通りのものは山伏病院院長夫人である母上から揃えて貰っていましたが、ほとんど洋装で過ごしていました。それも、美恵子が着るような品のいいワンピースやスカートではなく、男が穿くようなズボンや、地味な黒っぽいスカートばかり。

着物は、観劇とか気の張る会食とか、そんな時にしか袖を通しません。ある時、出版記念パーティに、「何を着て行ったらよろしいですか」と聞かれたことがありましたが、私は「好きにしやはったら」と答えました。

決して意地悪ではありません。形式張ることの嫌いな千萬子なら、何を着ても構わないのではないか、と思ったからです。でも、以後、聞いてくることは一切ありませんでしたから、千萬子なりに、何か感じたのかもしれません。

山伏病院の院長夫人の節子《せつこ》さんと、松子姉は昔からの知り合いでしたから、節子さんのお嬢さんである千萬子に、そんな意地悪をするわけはないのですが、つくづく姑と嫁という関係は難しいと思ったものです。

私と松子姉が呉服屋を呼んで、美恵子のために新しい着物を作っても、千萬子は羨ましそうな顔ひとつしません。着物の一枚や二枚、実家で作ってくれるという意地もあったのかもしれませんが、私から見れば、何とも可愛げがない嫁ではありました。

松子姉は、千萬子に自分の価値観が通らないので、内心はイライラしていたのではないかと思います。もちろん、この私もそうでした。

美恵子はおとなしい娘で、松子姉に逆らったことはありません。学校から洋服の選択まで、何でも松子姉の言う通りにしていました。

その美恵子とほんの一歳しか違わないのに、千萬子は素直ではない。傍からも、私たちの考えが古い、と小馬鹿にしているのがわかるのです。正直に申しますと、憎たらしく感じたことも、一度や二度ではありません。

しかし、兄さんは、新しい風と時代が大好きで、千萬子の感じ方や考え方に常に触れて刺激を受けたい、という欲求が強かったようです。

松子姉は、自分が兄さんに芸術的刺激を与えて、傑作を生み出してきた、と自負していましたから、その点にも嫉妬を感じたのではないでしょうか。

松子姉の陰画的存在である私ならば、松子姉は自分の別の角度の影を見ることができますが、千萬子はまったく違うのです。千萬子は、これまで想像したことのない新しい女だったのです。


清一と千萬子を田邊家へ迎えた以上、私は、彼らと一緒に暮らさなければなりませんでした。でも、千萬子とは、何もかもが合わないのでした。

千萬子は、お風呂にシャワーなる物を付けようとしましたが、私は薪《まき》で沸かす、普通のお風呂が大好きなのです。でも、そんなことをちょっとでも言おうものなら、千萬子にやり込められます。

「シャワーなんて、お湯が飛び散るだけでお掃除が大変なんやないの」

「お義母様、シャワーはお嫌いですか。でも、お風呂もお嫌いなのではなかったですか？」

散らばった玩具《おもちゃ》を籐《とう》の籠に片付けながら、千萬子が顔も上げずに言います。

「どういうこと？　嫌いなんて言うてへんよ」

私は、千萬子が何を言い出すのだろうと警戒しながら答えます。

「潺湲亭では、面倒くさいから後にする、と仰って、結局、お入りにならないことも多かったですよね」

千萬子は案外よく観察している、と感じるのはこういう時でした。

「そうやったかしらね」

私は苦笑いをします。

潺湲亭の母屋のお風呂は狭くて暗く、私も松子姉も嫌いでした。お風呂が嫌いなのではなくて、潺湲亭のお風呂が嫌いだったのです。

女中たちがいくらお掃除しても、流し場の陰になめくじが潜んでいたり、黴《かび》が生えていたり、冬は隙間風《すきまかぜ》が入ってきて、洗い場に長くいることもできません。だから、なるべくお風呂に入らないで済むよう、汗をかかずに暮らしていたのでした。

「お義母様、シャワーなら楽ですわよ。ぱっと汗を流せますから」

「そうかしらね」

ふと目を向けると、千萬子の顔に嫌悪のような表情が浮かんでいるのを認めることになります。そうか、若い千萬子は、松子姉や私を不潔だと思っていたのだ。私は、千萬子の正直な表情に傷付けられるのでした。

一緒に暮らしていると、些細《ささい》なことでも角が立ちました。

お夕飯の時に、私が醤油差しを取りに立ったことがあります。テーブルを回って、千萬子の背後から手を伸ばすと、千萬子にぴしゃりと言われます。

「お義母様、お醤油なら取って差し上げますから、仰ってくださいな」

「ええよ。自分で取るから」

席に着いて小皿に醤油を入れ、また立ち上がって戻そうとすると、千萬子が手を伸ばして醤油差しを取り上げてしまいます。

「お義母様、わざわざ立たなくてもいいですよ、と申し上げているではありませんか」

「そんな顔しやはって」

「すみません、嫌で言ってるのではないのです。西洋では、『パス・ミー・ソルト、プリーズ』と言って、近くの人に取って貰うんです。お食事中に立ち上がるのは礼儀に反します」

ここは西洋ではないのに、目上の私にそんなことを言うのは無礼ではないでしょうか。私はただ、千萬子の手を煩わせたくないだけなのです。私は控えめな質ですから、ひたすら目立ちたくないが故に、何もかも自分でやろうと思っているだけなのに。

食事の席に、兄さんや松子姉がいたら、私が背後から回って醬油差しを取っても、千萬子は注意などしなかったでしょう。

私は千萬子に苛《いじ》められているのだろうか。私はそう思って、嫁さえも叱ることのできない自分を不甲斐ないと責めるのでした。

そのせいでしょう。北白川の家に移ってから、憂《う》さをはらすために、私の酒量はさらに上がったのです。

私がこっそりお酒を飲んでいると知ると、千萬子は、お風呂に入らないと私を責めた時と同じような表情を浮かべました。

「お義母様、お義母様」

納戸から呼ぶ声がするので、行ってみると、怖い顔で聞かれたこともあります。

「お義母様、ここにあったブランデー知りませんか？」

「さあ、知らへんわ」

「本当にご存じないのですか？」

千萬子は畳みかけます。私は「怖いこと」と内心うんざりして、首を横に振ります。すると、いかにも諦めたような顔で言うのです。

「お使い物にしようと思って置いておいたんですけど、いったいどうしたんでしょうか。ネズミでも引いて行ったのかしら？」

「そうやないの」

千萬子は、私が納戸《なんど》から持ち出したブランデーを、こっそり部屋で飲んでいるのを知っていたのでしょう。とぼけているうちに、私も実際にネズミが引いて行ったのだ、と信じたくなりました。窮鼠《きゅうそ》猫を嚙む、とはよく言ったもので、追い詰められた挙げ句、行き場がなくなると開き直ってしまいます。

来客がいるにも拘わらず、冷蔵庫を開けた千萬子が、大仰な声を上げることもありました。

「あら、ビールが一本もない。どうしてかしら。お義母様、ご存じありませんか？」

私は素知らぬ顔で、さあ、と首を傾げますが、内心は、客の前で恥をかかせる嫁を憎たらしいと思っておりました。

そのうち、そんなことも忘れて、また何とかアルコールを手に入れようと腐心してしまうのでした。何も飲む物がないと、喉が渇いて死にそうになります。かといって、坂道を下りて酒屋まで行くのは億劫《おっくう》です。

私はそんな時はすぐに、潺湲亭に戻ったり（三十一年の暮れまでは、兄さん夫婦は、熱海と潺湲亭を行ったり来たりしていました）、兄さんたちが熱海の別荘にいる時は、そちらに避難したりしていました。

千萬子は、女中を置くのを嫌がりました。北白川の家の裏は山になっていますので、夜などは特に寂しく、心細いことがありました。兄さんは、「一人でいてはいけない」と、口うるさく言って、女中を一人差し向けようとしたのですが、千萬子は「要らない」と首を縦に振らないのです。

理由は、「家の中に他人を入れたくない」というものでした。その言葉を聞いた時、私はどきりとしました。おや、私も千萬子にとっては他人なのだ、と。千萬子は、自分の暮らしの中に、義理の母親とはいえ、他人を入れるのが嫌なのだ、と悟ったのです。

私は戦前の古い教育を受けてきましたから、嫁いでしまえば、その家のために働き、その家のために子供をなし、その家のために生きなければならないと思っていました。

それは、とりもなおさず、夫の両親に仕え、尽くすことでもあったのです。もっとも、私の場合は、結婚した時、田邊の両親はとうにこの世にいませんでしたが。

でも、千萬子はまったく違う家庭観を持っていたのです。それは、父親と母親と子供が、古い家意識に縛られることなく、独立する家庭を営む、というものでした。薄々、見当は付いていたものの、私には衝撃でした。

新戸籍に私が入っていない、と怒った時も、結局は清一と千萬子の新しい家庭観に、「姑」である私が入れられていなかったことを、戸籍で確かめるようなことになってしまった結果に、逆上したためでした。

暮れに、兄さんが潺湲亭を売って、熱海に永住すると決めた時、私は慌てて松子姉に頼み込みに行きました。

「お願いやから、あたしもそっちに住まわせてちょうだい」

「どないしたん」

松子姉は、ほんの一瞬ですが、戸惑ったような顔をしました。

「あたしは千萬ちゃんとはやっていけへんのよ」

「そやけど、のゆりちゃんもいることやから、あっちも人手欲しいやろ。重ちゃん、もう少し辛抱してみたら？」

意外なことに、松子姉は私が熱海に一緒に住むことを、あまり快くは思っていないのでした。

「もう無理や。千萬ちゃんは、他人がいることが嫌なんよ」

「だって、あんた他人やないやないの。立派な姑やないの」

「わかってちょうだい」

私は、拝《おが》むような仕種をしました。

「そんなに来たいんなら、ええよ。ほな、おいで。あの人にも話しておくわ」

「おおきに」

私は、いつもならふたつ返事で「ほなら、おいで」と言ってくれるはずの松子姉が、どうして嫌がっているのだろうと不思議でなりませんでした。

6

以前の松子姉なら、「重ちゃんが来てくれはったら、ほんま助かるわ」と、私の家事管理能力を頼りにするようなことをしきりに言っていたものです。

この変化は、いったい何が原因なのでしょうか。

兄さんのところは、編集者を始め、内外の来客が多い家ですから、奥さんは常に身形《みなり》を気遣う必要がある上に、兄さんの身の回りの世話もあります。さらには毎食の献立を決め、酒類を調達して、女中らを差配する、など仕事はいくらでもあるのでした。

「何や、がっかりやな。姉ちゃんを手伝うてあげよう思うてたのに」

不満顔で文句を言いますと、松子姉は思案に暮れた風に横を向きました。やがて、言いにくそうに、ぽってりとした唇を歪めました。

「それより、千萬ちゃんと一緒に住んで、やってほしいことがあるねん」

「何やねん」

「監視してほしいねん」

あまりに意外な言葉が出たので、私は驚いて聞き返したのです。

「監視て、誰を」

「千萬ちゃんとあの人に決まってるやないの」

つまり松子姉は、兄さんと千萬子の間柄を疑っているのでした。

千萬子の家に私を置けば、兄さんが泊まった時も勝手なことができないし、二人がどんな連絡を取り合っているのかわかる、と考えているのでした。

「清ちゃんがいるやない」

「最近、あまり仲良くないやろ」

松子姉は眉をひそめました。

「何や、あたしにスパイになれ、言うのん？」

冗談めかしたのに、松子姉は「しっ」と私の袖を掴み、女中の耳を気にして辺りを見回しました。

「そんなこと、大きな声で言うて。人聞き悪いやないの」

「そやけど。まさか、兄さんと千萬ちゃんにそんなことが起きるわけないやろ」

「いや、体のことやないの」

松子姉はきっぱりと言いました。その直截《ちょくせつ》な言葉に、私は顔を赤らめました。

「ほな、何なの」

「あの人はもう夫婦生活はでけへんから、体のことやないの。問題は心なんよ。あの人は千萬ちゃんに魂を抜かれている。あたしにはわかる」

「魂を抜かれるて、松子姉ちゃんがおるのに」

「あたしは、もうお役ご免かもしれんよ」

「まさか」

私は絶句しました。兄さんに限って、そんなことがあるわけがない。兄さんにとって、一番大事な人は松子姉のはずです。

そして、私が次点。はい、松子姉と私が二人ひと組となって、兄さんの一番大事な女たちになっているのは至極当然、周知の事実でした。

なのに、その自信が、根底から覆されようとしている。私は松子姉の不安と焦燥をようやく理解したのです。

「いくらなんでも、兄さんは姉ちゃんを騙してまで、千萬ちゃんに現《うつつ》を抜かすなんてことはありえへんやろ」

「いや、あんたは何も知らんのよ。あの人が『中央公論』に書いた『鍵』ていう連載、読んだやろ？」

「まだ読んでへん」

私は首を横に振りました。またしても小説。そうなのです。兄さんの心の変化はいつも作品に表れてくるのです。

「この間、一回目が正月号に載ったんやけどな。それを読んだら、あたしは何や、あの人が怖《こお》うなってきた」

何ごとにも動ぜず、女優のように泰然としていた松子姉が、眉を曇らしてそんなことを言うのです。

「なんで？」

「女のあたしはどんどん衰えていくのに、あの人は逆に燃え盛っているんやとわかって、もう付いていけんと思うた。捨てられるとは思わんけど、離れてゆく。まさか、あたしにこんな老年が待ってるなんて、思うてもいんかったんよ。それが怖いねん」

松子姉は正直で率直でした。目には涙さえ浮かんでいます。

「兄さんは、今度は千萬ちゃんのことを書いたの？」

「それがわからんのよ。千萬ちゃんかもしれんし、他の誰かかもしれん。ただ、わかるのは、あの人が何かに夢中になっていることだけや」

「のゆりちゃんやろ？」

松子姉は激しく頭を振りました。

「いや、のゆりちゃんだけやない。のゆりちゃんが象徴する、愛《いと》おしいものや。それにあたしはもう入ってへん」

「何や、難しいなあ」

私は呆れて笑いましたが、松子姉はにこりともせず、眉根を寄せて怖い顔をしているのでした。

「ともかく読んでみ」

松子姉は、『中央公論』の正月号を私に押し付け、立ち上がるとさっさと部屋を出て行ってしまいました。私は雑誌を持って明るい窓辺に行き、件《くだん》のページを開きました。読み始めて、すぐさま衝撃を受けました。兄さんのこれまでの小説とはまったく違う趣向と調子でした。

主人公の大学教授は五十六歳、妻の「郁子《いくこ》」は四十五歳、という設定になっています。夫婦はそれぞれ日記を書いていて、その日記をわざと相手に読ませることによって、性的に高まりを覚えていく、という変わった物語でした。

主人公は、高血圧症を患っています。兄さんは高血圧症で医者にかかっていますので、病状や治療の知識は生半可ではありません。

その豊かな知識と経験が、主人公の描写に生かされていました。だから、主人公は兄さんであるような気もするのですが、少し違うようにも思いました。

なぜかと言うと、私にはどきりとする描写があったからです。

主人公が眼鏡を外した顔が、まるで「アルミニユームのやうにツルツルし」て薄気味が悪く、妻は目を背ける、というところです。気に入らないどころか、「ゾウッとし」て正視に耐えない、と。

その個所を読んだ時、田邊と私のことではあるまいか、と思ったのです。私どもの結婚生活のことをお話ししました時に、田邊が総入れ歯だった、と申したかと思います。田邊は、入れ歯を取ると別人のように顔が変わり、たちまち老爺のように爺むさくなってしまうので、あたかも玉手箱を開けた浦島太郎のようでした。その劇的変化は、眼鏡を取る取らないの比ではないはずです。

田邊が入れ歯を外した時の豹変《ひょうへん》ぶりに怖れをなして、私は閨《ねや》で逃げ回ったことさえありました。そのことを、松子姉に打ち明けたことがあります。

松子姉は、きっと私の話を兄さんにしたのでしょう。そのままでは、田邊と知れてしまうので、兄さんは入れ歯を眼鏡に変えたのです。

とすれば、「郁子」は私だということになります。実は、気になる記述がありました。「郁子」は酒に酔うと、風呂に入って気を失ってしまう、という「特技」があることです。

私はお酒を飲み過ぎて、風呂場で気を失ったことが何度かありました。そのたびに、兄さん、松子姉、女中たちが、裸の私を総掛かりで風呂から引き上げ、タオルや毛布でくるんだ後、布団に寝かせておいたのだとか。酒を飲んで人事不省になる「郁子」の酔い方は、まさに私をモデルにしていました。

『細雪』から、あしかけ十年以上経ちました。兄さんが再び、私をモデルに小説を書く日が来るとは思ってもいなかった私は、驚くと同時に、内心、小躍りしていました。

作品のモデルになるのは恥ずかしいけれども、世間の耳目を集める存在になります。読者は勝手な想像をして憧れ、学者は私という女を研究します。『細雪』と同様のことが起きるのです。

妻でありながら夫から激しく焦がれられ、しかも日記というゲームに興じる「郁子」は、悪妻です。しかし、これほど賢く魅力的な悪妻がありましょうか。

兄さんは、私に何を求めているのだろうか。私は陶然とするような気持ちを抱き、早く続きが読みたくてなりませんでした。

私は『中央公論』を持って、居間の炬燵《こたつ》で、朝刊を眺めている松子姉のところに行きました。

「姉ちゃん、読んだ」

松子姉は急いで辺りを見回し、雑誌を引ったくるようにして座布団の下に隠しました。

「堂々と持って来たらあかん。あの人の書斎から、そっと持ち出したんやから」

兄さんは東京の中央公論社に用事があり、迎えの編集者とともに出かけていたのです。

「ごめん」

兄さんの書斎に入ることができるのは、松子姉ただ一人でした。そして、文箱《ふばこ》の中を見ることができるのも、松子姉一人。

「読んだけど、別に千萬ちゃんのことなんか書いてへんよ」

むしろ、私ではないか、という台詞《せりふ》はもちろん言いません。すると、松子姉は首を振りました。

「中に、『敏子《としこ》』という娘が出てくるやろ。あたしは最初、美恵子のことかなと思うて読んだけど、美恵子はええ子やから、あんな何を考えているかわからへん娘やないやろ。ようう読むと、何や小憎たらしい。そやから、あれが千萬ちゃんやないかと思うたんよ」

「郁子」の娘、「敏子」は若いのに冷静で、「郁子」と主人公との変わった夫婦生活を横から観察しているかのようです。確かに、「敏子」という娘の存在が異様で、これまでの兄さんの小説とは違うように思えるのでした。

「こんな厭味な娘は、千萬ちゃん以外にいやへんやろ」

松子姉はそう言って苦笑いしました。私は「郁子」が自分だと思っているだけに、何と返事していいかわからず、曖昧《あいまい》に頷いておりました。

ところが四月に二回目の連載が載った直後、世間が騒ぎ始めました。『鍵』があまりに猥褻《わいせつ》ではないか、というのです。やがて国会で、『鍵』は芸術か猥褻か、という論争になり、兄さん自身が国会に呼び出される可能性すら出てきたのです。

兄さんは二人といない素晴らしい作家なのに、世間はとかくスキャンダルにまみれた物書きのように言います。千代夫人の妹せい子さんをモデルに書いた、と言われている『痴人の愛』の時も、あたかも兄さんが同じことをしていたかのように言われました。妻譲渡事件の時も殊更《ことさら》に悪魔のように断じられたそうです。もっとも、千代夫人の方が誹られましたが。

それもこれも、兄さんが禁忌《きんき》を怖れずに、男と女のいろんな愛のかたちを書いているせいなのです。世間というのは作品と作家を同一視して、あれやこれや言うものだとわかってはいましたが、国会で論じられたとなると、さすがに兄さんも創作意欲が減退したようで、沈み込んでしまいました。

実は、私も二回目を読んで赤面しそうになりました。「郁子」が酔って正体を失うと、夫が妻を裸体にして眺める、という嫌らしい場面です。

私がお風呂で気を失った時、兄さんはそんなことをしたい、と思ったのではないか。それとも、実際に起きたこと？　まさか、まさか。

小説に書いてあるような想像をすると、私は息が詰まるほど苦しくなり、やがて兄さんが恋しくて堪らなくなるのでした。兄さんは、私をそんなに思っていたのか、と優しい気持ちになるのです。

ええ、もちろん、私の妄想に過ぎないことはわかっています。作家と一緒に住む、松子の妹なのですから。

でも、田邊の死後、私はまさに松子の陰になって生きてきました。そして今、嫁の千萬子にも、酔っぱらい姑と舐められているような気がしてならないのです。

そんな弱い私が、兄さんのような大作家には認められているではないか。その事実だけで、私はまた元気になれるのでした。

その頃、『週刊新潮』が創刊になりまして、兄さんは新しい連載を始めました。それが京都の老舗《しにせ》呉服問屋のチエさんをモデルにした『鴨東綺譚《おうとうきたん》』という作品でしたが、当のチエさんから、自分はそんな作品を書いてほしいとは思っていなかった、『細雪』のような作品を想像していた、というクレームが付けられて、中断してしまいました。猥褻論争に次いで、兄さんにはまったくついていない時期でした。

私は、チエさんを軽蔑しました。私ならモデルになっても平気なのに、と。

『細雪』が発表されて以来、私はただの重子だけでなく、「雪子」としても生きてきました。でも、今は『鍵』の「郁子」でもあるのだと、チエさんに言ってやりたかった。

小説と実人生は一緒ではありませんが、小説に影響される人生があってもいいのです。いいえ、素晴らしい小説ならば、実人生が小説に吸い取られてしまった方がどんなにいいか。

「兄さん、あたしなんかが差し出がましいことを言うてすみませんけど、『鍵』面白いですわ。世間なんか気にせんと、もっともっと書いてくださいな」

私は夕食が終わった後、松子姉が席を外したのを見計らって、兄さんに囁きました。

兄さんは一瞬、驚いた顔で私を見ましたが、何も言いませんでした。作品について、滅多に口を出したことのない重子が何を余計なことを言う、とむっとしたのかもしれません。あるいは、モデルにしたことがわかったのかと、どきりとしたのかもしれません。でも、私なりに兄さんを労《ねぎら》ったつもりだったのです。

兄さんが押し黙ってしまい、少々気詰まりな雰囲気になりました。

私が生意気にも作品に口を挟んだせいかしら、と心配していると、兄さんが突然、紫檀《したん》の卓の上にあった二合徳利《とっくり》を持ち上げました。

「まだ残っている。重ちゃん、もっと飲むかい？」

「まあ、おおきに。頂きます」

私はほっとして、派手な九谷焼の猪口を両手で持ちました。兄さんには、こういう優しさがあるのです。高血圧症でお酒を控えているのに、私が気に病んでいると、こうして気遣ってくれる。

「重ちゃんは、こんな小さな器じゃ足りんだろう」

兄さんが酒を注ぎながら冗談を言うので、私は笑って返しました。

「何言うてはるの。結構、大きいやないの」

九谷焼の猪口は、金沢に住んでいる、兄さんの知人からの贈り物でした。特別に焼いて貰ったということで、普通の猪口よりは大ぶりで、お酒がたっぷり入ります。

私も兄さんに注ぎ返してから、二人で杯を掲げたまま、松子姉が戻って来ないかと、何となく戸口の方を振り返りました。

が、松子姉は美恵子と何か相談事でもあるらしく、美恵子の部屋から戻って来ません。

待っていても仕方がないので、二人で卓に向き直り、猪口に口を付けました。熱燗が冷めて、逆に喉越しがよくなっています。

「温め直してまいりましょうか?」

片付けのためにやって来た二人の女中が、盆を持ったまま私に尋ねました。

「このままでも美味しいけどな。兄さん、どうですやろ?」

「いいよいいよ、これで」

兄さんはせっかちなところがありますので、面倒臭そうに手を振りました。

「お酒はええから、その辺、片付けてちょうだいな」

私は、女中に食器の片付けを命じました。

「はあ。何か、あてでもお持ちしましょうか？」

「兄さん、どないします？　何か召し上がります？」

私が尋ねると、兄さんはふざけて太鼓腹《たいこばら》をさすりました。

「私はもう満腹です」

「ほな、飲むだけにしまひょ」

女中たちがあっという間に食器を片付け、卓の上を綺麗に拭いて出て行きました。卓上には、袴《はかま》を穿いた二合徳利と私たちの猪口だけが残されました。松子姉の猪口も、気を利かしたのか、女中たちが置いていきました。

7

兄さんと相対して飲むのは久しぶりでした。私は嬉しくなって、思わずお酒を呷ります。ひと息に飲んで猪口を置くと、兄さんが間髪をいれずに注いでくれながら、心配そうな口調で諫めました。

「重ちゃん、あまり、飲まないでくださいよ。すぐ倒れるんだから。あんたを担いでいくのは難儀だからね」

「兄さん、そのことやけど、あの『鍵』に出てくる奥さんの酔い方は、あたしの酔い方を参考にしはったんと違いますやろか？」

思い切って聞きますと、兄さんがにやりとしました。

「女の酔っぱらいは大勢見たけど、重ちゃんが一番豪快ですから」

「やはり、そうでしたか。恥ずかしいわ」

頰に手を当てますと、兄さんが猪口を口にして、呟くように言いました。

「いくら書かれたって、仕種とか癖とか、そういうところをちょっと借りるだけだからね。何も気にすることはござんせんよ」

「そやかて、あたしの酒癖やないですか。恥ずかしいわ」

もう一度言いますと、兄さんは案外真剣に返しました。

「いやいや。それは、重ちゃんの酔い方を参考にして、主人公に投影しているだけだから、重ちゃん自身を書いてるわけじゃないんです」

「そやけど、あたしの癖ですやろ」

兄さんは大きな目をぎょろりと剝いて、このわからずや、という風に私を見ました。

「癖を借りただけです」

「兄さん、何もあたしは貸すのが嫌や、とケチなことを言うてるんやあらしまへん。そやのうて、自分のやったことが言葉になるていうことが恥ずかしいんです。そやから、主人公が自分やとも思うてへんけど、自分のような気がしますねん」

「なるほど。それは気付かなかった」兄さんは、猪口を卓に置いて懐手をしました。「小説家というのは、作品の中で人を捏《こ》ね上《あ》げていくんです。だから、小説家が書く人物は、あくまで作品の中で生きている人であって、決して生身の人間じゃない」

「わかってますねん」と、私は思わず言い返しました。「兄さんの言う通りなんは、百も承知なんやけど、どうしても、自分は兄さんにはそう見えるんやろか、と思うてしまうところもあるんです。それは誰にも止められへんのです」

「止められへんてか」

兄さんは口真似して、苦笑しました。

「そやけど、チエさんのことは、信じられへん。あんな反応しやはって、どうかしてはる。何もわかってはれへん」

私は話を変えました。チエさんは、兄さんに自分を書いてくれ、と売り込んでおきながら、『鴨東綺譚』で悪く書かれた、と抗議に現れたのです。

一度きりでしたが、気色悪い男たちを連れて来て、脅しのようなことまでして兄さんを呆れさせました。

「実際の人間の皮だけを借りて、その中身をまったく変えることだってあるんです。そのことが、普段本を読まない人にはわからないんです」

「ほんなら、『鴨東綺譚』の主人公は、チエさん本人やのうて、チエさんの皮を着た人物に過ぎひんてことなん？」

兄さんは、話に乗ってきたのか、目を輝かせて頷きました。

「その通りです。でもまあ、その辺は作家の塩梅《あんばい》なのでね。一概には言えない。僕が、もっともっと知りたいと思う人間は、皮も中身もそのまま書いて、作品の中でどう動くのか、どういう人物なのか、知りたいし、あれこれ動かして実験したりもするんです」

急に難しい話になりました。

「兄さん、ほなら、ついでに質問してもええやろか」

「何です」

「あのな、ようわからんことがあるんやけど、『鍵』に出てくる娘の『敏子』は、『郁子』と本当の親子なんやろか？」

兄さんが、身構えるように、気難しい顔をしました。

「親子ですよ」

「それにしては、『敏子』は変な娘や。美恵ちゃんを見る限り、いや、あたしら姉妹も同じやけど、娘いうんは、母親のことをああいう風に冷静には見てへんような気がするねん。とりわけ、父親と母親の間に起こることやったら、あんな態度を取れへんように思うんやけど」

私は酔いも手伝って、ぺらぺらと喋ってしまいました。が、兄さんは怒りもせず、私のお喋りに付き合ってくれたのです。

「実際がどうかという問題ではないんです。そういう娘もいるだろう、ということですよ。芸術には、あらゆる仮定が必要ですから」

「ほしたら、そういう娘のモデルというか、皮になった子はいやはるんですか？」

兄さんは黙ってしまいました。その瞬間、私は松子姉の言葉を思い出したのです。

『こんな厭味な娘は、千萬ちゃん以外にいやへんやろ』

「千萬ちゃんやないかしら」

私が小さな声で言いますと、兄さんが言い訳するように横を向いて早口に言いました。

「千萬ちゃんは面白い人です。持って生まれた観察眼があるし、その観察眼を使って、何かを仕掛ける陰謀も持ち合わせているかもしれない。あの子は才能豊かです」

おやおや、兄さんはむきになっている。

私は『鍵』の「郁子」の皮に過ぎないのに、「敏子」は、千萬子の皮も中身も入っていて、兄さんは「敏子」をどんな人間なのか考えようとしている。私は激しい嫉妬を感じましたが、必死に色に出すまいと堪《こら》えました。

「兄さん」

そろそろ終わりにしようと思ったのか、徳利に残っている酒を、私と自分の猪口に全部注いでいた兄さんが、「ん？」と顔を上げました。

「兄さん、『細雪』の『雪子』には、あたしの皮も中身も入ってますやろか？」

「あれは重ちゃんの話だよ」

兄さんは、はっきりと断言しました。やはり、私の物語なのだ、と思うと、嬉しさが込み上げてきます。

「僕は、重ちゃんの皮も中身も全部入れて、物語を書いたんだ」

しかし、そこまで言い切られてしまうと、私の新しい物語はもう書かれないのではないだろうか、と不安になるのでした。私の一生は、『細雪』の中に閉じ籠められてしまう。優れた小説なら、実人生を吸い取られてもいい、とまで思っていた癖に、私は強欲にも、もっともっと書いてほしい、と願っているのでした。

「ほな、『郁子』の皮は誰なんです？　少なくとも、あたしは皮の一部を貸していますさかい、教えてくれてもええでしょう？」

「誰でもないよ」

兄さんがにやにやした途端、背後から声がしました。

「まあ、まだ飲みはって。二人で何の話をしてはったの？」

松子姉が戻って来たのでした。

「兄さんの新しい小説の話や。姉ちゃんも飲む？」

私は徳利を持ち上げましたが、空っぽでした。

「あたしは、もうええよ。重ちゃんは飲みたいやろうから、自分で飲みなさい」

松子姉の目が少し冷えたような気がしたのは、徳利を持ち上げた私が、さぞかし残念そうな表情をしていたからでしょうか。

「ほな、あたしは飲むわ。兄さん、どないします？」

「少し付き合いましょう」

私は徳利を持って立ち上がり、台所に向かいました。台所では、食器を洗ったり拭いたり、余り物を移したり、四、五人の女中たちが窮屈そうに立ち働いていました。

「なあ、誰かお燗してちょうだいな」

「へえ」

キミが徳利を受け取り、私に尋ねました。

「奥様、何かおつまみ作りましょうか？」

「兄さんはお腹いっぱいやそうやから、お漬け物か練り梅でも何でもええから、持って来てちょうだい」

キミが心得顔で頷きました。私はお酒さえあればいいのですから。

でも、千萬子と一緒に暮らしていれば、こうはいきません。千萬子はアルコールが好きな私を嫌っていますから、説教をしたり、アルコール類を隠したりして、何とか遠ざけようとするのでした。

清々《せいせい》した気分で居間に戻ると、兄さんと松子姉がひそひそと何ごとか相談しています。

「どうしたん」

「縁談のことや。どないしようかと思って」

松子姉が声を潜めて言いました。兄さんも困った顔で眉根を寄せています。美恵子の縁談がなかなかまとまらないのが、近年の私たちの悩みなのでした。

「美恵ちゃん、嫌やて？」

松子姉が顔を顰めて首を振りました。

「あっちに断られたんよ」

「なんで」

私は信じられませんでした。美恵子は文豪、谷崎潤一郎の「娘」ではありませんか。しかし、美恵子の実の父親のことで、世間が何と言っているかは想像できなくはありません。

何度もお話ししていると思いますが、松子姉の前夫、小津清之介は、小津商店という織維問屋で貿易商の大店《おおだな》の跡取りでした。が、清之介の代で身上《しんしょう》を潰し、土地も財産もすべて失ってしまいました。遊びも激しく、果てはこいさんと駆け落ちまでして、松子姉をどれだけ苦しめたかは、そばで見ていた私が言うのだから間違いはありません。

兄さんにとっては松子姉を苦しめた憎き男であっても、清之介が困っているのを見れば、金を貸したり、仕事の口を利いたり、ずいぶんと世話を焼いてきたと思います。それも、子供たちである清一と美恵子のため、と言っても過言ではありません。

私は子供がいませんが、美恵子のことは我が子のように可愛がってきました。美恵子は頭がよく、とても感じやすい子ですのに、兄さんに遠慮して萎縮《いしゅく》しているのでした。

ええ、自分が兄さんのお情けで食べさせて貰っている、居候に近い存在だとわかっていたのです。そして、いつか追い出されるのではないかとびくびくしながら生きているのです。何と哀れなことでしょう。

清一は男ですから、何とでもなりますが、私はとりわけ美恵子が不憫《ふびん》でならないのでした。兄さんが養女にしてくれても、いずれは嫁に行く身。良縁をどう得るか、が問題なのでした。とはいえ、美恵子はすでに二十七歳。婚期を逃しかけています。

結婚に関しては、私もさんざん苦労しましたから、肩身の狭い思いをしている美恵子の心が理解できます。

そして、それにひきかえ、と私は思うのです。たった一歳違うだけなのに、千萬子は何と恵まれているのだろうと。清一と結婚して、可愛い子供にも恵まれ、兄さんに愛されている。いいえ、美恵子が疎まれているとは申しません。でも、明らかに、兄さんは美恵子よりも千萬子を遥かに好み、可愛がっていたのです。

8

美恵子は、何かにつけて、我慢を強いられてきた可哀相な子供でした。小津清之介と松子姉との間に生まれたのが、昭和四年。兄の清一とは、四歳違いです。

美恵子が生まれた頃、小津商店はすでに左前になっていました。その後、清之介の生活は乱れに乱れ、松子姉との仲も最悪になっていきます。

そして、昭和七年、とうとう小津商店は倒産してしまいます。二年後の昭和九年、清之介と松子姉は正式に離婚し、松子姉は当時、大恋愛をしていた兄さんと同棲を始めました。

清之介の商売がうまくいっていれば、松子姉と清之介は別れることもなかったかもしれません。いや、兄さんと大恋愛をしていた松子姉が、清之介を振り切って別れたとしても、そして、清之介が新しい妻を得たとしても、清一と美恵子には、小津商店という帰る場所があったはずです。

でも、清之介が何もかも失って、気概もなくしてしまったため、清一と美恵子は松子姉についていく他、生きる道はなくなったのです。

父がいなくなり、母と、その新しい恋人と暮らしていかなければならないと知った時、子供はどんなに心細い思いをすることでしょうか。

私は美恵子が生まれた時から、母代わりとなって育ててきましたから、美恵子の辛い気持ちは手に取るようにわかるのです。

清一は男の子ですし、物心付いた頃から父親の行状も見てきました。それなりの覚悟はあったはずです。

しかも、清一は清之介に似て柄が大きく、穏やかながら、人を振り向かせる力がありました。没落したとはいえ、裕福な家に生まれた余裕のようなものが、幼いながら、風格として備わっていたのです。

それにひきかえ、美恵子は清一より繊細で感受性が強く、子供心に、運命の激変に戦《おのの》いている様子でした。私はそれが不憫で、美恵子を特に気にかけていたのです。

私も、当時は二十代後半になっても縁談がまとまらず、美恵子と同じように兄さんと松子姉の厄介になっていることが、心苦しく感じられる時期でした。私たちの運命が似ているように思えてなりませんでした。

「重子姉ちゃん、お母さん、どこ行ったん？」

松子姉が外出すると、幼い美恵子は必死な顔で家中を探していました。その横顔には、母親に置いて行かれたのではないか、という不安が色濃く表れていました。

美恵子は、母親がいなくなったら、自分がこの家にいられる理由がなくなる、と怖れていたのかもしれません。

また、清一と美恵子の前では、誰も表立っては、清之介の悪口を言わないように気を付けていました。が、幼い子供にも、自分の父親が嫌われているのがわかります。

美恵子の心の底には、兄さんが嫌っている清之介は自分の実の父親である、その血を引く自分も嫌われているのではないか、という怯えがあったように思うのです。兄さんは、清一と美恵子を養育してくれて、かつ美恵子は自分の籍に入れてくれたのですから、松子姉のみならず、私も深い感謝の念を持っています。しかしながら、兄さんは、この王国の王でもあります。誰も、兄さんのやり方に反対などできませんでした。


例えば、「後の潺湲亭」は、美しい庭のある、素晴らしい邸宅でしたが、住居としては、不便な造りでした。でも、兄さんがひと目で気に入った以上、皆でそこに住むしか方法がありませんでした。

私は「後の潺湲亭」では、美恵子が可哀相でなりませんでした。二十歳を過ぎた娘に、一個の私室も与えられなかったのです。

それは私も同じでしたが、私は松子姉を補佐する気持ちでいましたから、廊下でも女中部屋でも構いませんでした。

美恵子は「令嬢」ですから、そうもいきません。でも、美恵子は私と同じ部屋で寝起きし、なるべく人の迷惑にならないよう、ひっそりとしていました。

美恵子は谷崎家の「令嬢」でありながら、自分の立場を居候みたいなものだと弁《わきま》えていました。だから、私物もそう多くは持たないようにして、運命に甘んじていたのです。そして、兄さんの前では特に主張をしたり、自分の意見を述べたりはしませんでした。それが兄さんには、はっきりものを言わない、もどかしい性格と映ったようです。

兄さんが千萬子を可愛がり、美恵子を軽んじる向きは、大変残念なことですが、こんなこともあって、次第に露骨になっていったのです。

英語の手紙を書く時も、「美恵子には難しいから」とわざわざ断った上で、千萬子に頼むこともありました。美恵子はそんな時、おとなしく引き下がります。でも、私は千萬子が憎たらしいこともあって、そんな比較をしなくてもいいのに、と内心、腹立たしく思ったものです。

美恵子の方が一歳年上ですし、千萬子の夫、清一は美恵子の兄ですから、小姑《こじゅうと》でもあります。それなのに、美恵子は千萬子に遠慮してか、黙って微笑んでいるだけで、何も言わないのでした。いいえ、言えないのです。そのことで、私はいつも口惜しく思っていました。

以前、千萬子が小さな本を持っていたので、美恵子が話しかけたことがあると申しましたでしょう。

「千萬ちゃん、何読んでんのん」

「ミステリイよ」

「ミステリイて？」

「海外の推理小説のこと」

「推理小説て、例えばどんな？」

「伯父様に聞いてみたらいかが」


私はこの会話を近くで聞いていました。千萬子が推理小説の説明もしないで、自分があたかも兄さんと同等であるかのように言い放ったので、何て傲慢《ごうまん》な、と内心憤慨したものでした。

ところが、この逸話には、後日談があります。

ある日、美恵子が寝床で熱心に本を読み耽《ふけ》っているので、「暗いところで本を読むと、目が悪くなるよ」と注意しながら、何とはなしに背表紙を見ました。すると、『赤毛のレドメイン家』とあるではありませんか。

「美恵ちゃん、その本、変わった題やねえ」

「うん、これはミステリイ小説や。友達に借りた」

私は首を傾げました。

「おや、前に、ミステリイって何やって、千萬ちゃんに聞いてへんかった？」

美恵子は照れ臭そうに笑いました。清之介が何かまずいことがばれた時によくやる、恥ずかしそうな表情にそっくりでした。血は争えない、と思いながら見ていますと、美恵子が小さな声で言いました。

「推理小説くらい、あたしも知ってるよ。あれは、話のきっかけを作ろうと思っただけや。千萬ちゃんは、あたしに全然話しかけてくれへんから」

美恵子から話す機会を提供したのに、千萬子はずいぶんと冷たい扱いをしたものだ、と私は千萬子に腹を立てました。

「千萬ちゃんは、取り付く島もあらへんかったな」

「うん、推理小説も知らんのかって、鼻で笑《わろ》うてた」

美恵子はあっけらかんと言うのです。

「美恵ちゃんは悔しないのん？　あんたは小姑なんよ。お嫁さんが無礼なこと言うたら、それはあかん、と叱らなあかんやないの」

「そやけど」と、美恵子はきちんと栞《しおり》を挟むと、本をぱたんと閉じました。「あの人はもともと派手で気が強いさかい。やっぱり、敵わんと思ったわ」

千萬子の母親、山伏病院の院長夫人は、かねてから松子姉と知り合いでしたし、清一が千萬子に会いに足繁く出入りしたり、千萬子も遊びに来ていましたから、美恵子は以前から千萬子をよく知っているのでした。でも、知っているだけで、親しく話したこともないのだそうです。

「敵わんて、あんたの方が年上やろ」

「年上かて、敵わんもんは敵わんのよ」

美恵子は呟くように言いました。

「あんたかて、綺麗で派手に見えるけどな」

私は正直に言いました。何とか美恵子に自信を持って貰いたかったのです。

「重子姉ちゃん、そういう問題やないんよ」

美恵子は栞を挟んだ本を大事そうに枕元に置きました。

「ほなら、どういう問題や」

「あのな、千萬ちゃんは、お母さんは若《わこ》うて綺麗やし、お父さんは現役のお医者さんや。お祖父さんは、あの本橋寿雪やし。立派なおうちがあるさかい、帰る場所があるんよ」

「あんたかて、立派なおうちがあるやない。お父さんは、小津商店の跡取りやったし、今のお父さんは、文豪の谷崎潤一郎やないの」

が、美恵子がきっぱりと遮りました。

「関係ないやろ」

「そうかな」

「そうや。そやかて、あたしのお父さんは、身上潰した能なしやろ。千萬ちゃんとあたしは陽と陰や」

「何、あほなこと言うてるの」

私の声は急に小さくなりました。なぜなら、松子姉と私との関係を思い浮かべたからです。私は常に、姉の陰画としての自分を意識していましたから。

もしかすると、美恵子は、自分は千萬子の陰になって生きるのが当然だ、と思っているのではありますまいか。

「何言うてるの。美恵ちゃん、世が世なら、あんたは大店の嬢《いと》はんでっせ。千萬ちゃんかて敵わんくらいの大金持ちや」

自分で言っておいて虚しいのは、美恵子の実父、小津清之介が、何ひとつ為し得なかったどころか、潰すばかりの駄目男だとわかっているからでした。

「やめて、姉ちゃん。それこそ意味ないわ」

美恵子は迷惑そうに眉を顰めました。

「いや、あんたのお父さんがしっかりしてれば、という話なんやから、あんたかて恥ずかしない係累やてことやろ」

「係累なんかどうでもええよ。せやかて、あたしの父親はろくでもない男やもん。あたしかて、『細雪』読んだ。あれにも、あまりようは書いてへんやろ」

「『細雪』は、兄さんが書いた小説やから、兄さんは、本当のことは書いてへん、あれは小説や、て言うてましたよ」

『細雪』は自分の拠《よ》り所《どころ》なのに、私はそんなことを言って美恵子を慰めようとしました。

美恵子は、不思議そうに私の顔を見るのです。

「重子姉ちゃん、姉ちゃんは『細雪』のモデルになったことが、自慢なんやろ?」

どきりとして、言い返します。

「自慢なんて、そんなことあらへんよ」

「千萬ちゃんが、ちらと言うてはった」

「そんなん嘘や。何や知ったようなこと言うて、腹立たしいなあ」

それは本音でした。よりによって、美恵子にそんなことを言うなんて。

「ほな、千萬ちゃんにそう言うて」

美恵子は目を瞑《つむ》ってから、横を向いてしまったのです。私は話すのをやめて、電灯を消して豆球を点けました。部屋が薄暗い橙《だいだいいろ》色に染まります。

「ほしたら、おやすみ」

返事が聞こえるかと思ったら、美恵子が暗闇の中で小さな声で言いました。

「姉ちゃん、これから、あたしはどないして生きていったらええのやろ」

「千萬ちゃんみたいに、結婚して、旦那さんと幸せに暮らしたらええのや」

「そうかなあ。相手がおらんもん」

「今に現れるさかい、心配せんでもええよ」

私はわざとのんびり言いました。すると、美恵子が思い切ったように唾《つば》を呑み込む音をさせてこんなことを言いました。

「姉ちゃん、姉ちゃんだけに言うけど、あたし仕事したいねん」

「仕事て、どんな」

「何でもええの。何か仕事して、この家を出て行きたいと思うねん。お母さんに言うたら、あかんよ」

美恵子は、千萬子のようにはっきりとものを言いませんが、私は、これほど強い意志があったことに驚きました。

「言わんけど、そんなこと考えてんの。驚いたわ」

「あたしな、今、『父さん』に放り出されたら、どうにもならんやろ」

「兄さんが放り出すわけないやろ」

しばし沈黙があった後、思い切ったように美恵子が続けました。

「ないやろとは思うけど、あたしはいつも考えてるねん。そやかて、この家でどないして生きていけばええんやろうて。仕事もしたらあかんて言われるし、家事は手伝いとうても、女中さんがいっぱいいる。せやったら、何をすればええんやろか」

「美恵ちゃん、そんなこと考えてたん。可哀相にな」

美恵子はまだ二十代の若さだというのに、どこか老成の翳《かげ》りが見られるのでした。老成とは、すべてを諦め、悟った心とでも言うのでしょうか。つまり、美恵子は物心付いた時から、兄さんに遠慮をして生きているのでした。

9

美恵子は、神戸の、とある高等女学校に通っていました。

　良家の子女が通う、お嬢さん学校です。しかし、美恵子はあまり学校には行かず、松子姉や私の陰に潜むように、そのまま家におりました。

　もっとも、お嬢さん学校といえど、戦時中は学徒動員で工場で働かされ、授業などほとんどないも同然だったのですから、多くの学生が退学したり、疎開のために休学したりしたのでした。戦争という時代の不運に加えて、美恵子は、父親のいる普通の家庭には恵まれませんでした。数奇な運命、と言っても、過言ではないと思います。

　美恵子は、決して私たちに告げ口しませんでしたが、学校ではおそらく、清之介のことで陰口を叩かれたり、あの妻譲渡事件の谷崎潤一郎の、三番目の妻の連れ子ということで好奇の目で見られたり、嫌な目にもさんざん遭ったはずです。そんなこともあってか、言いたいこともはっきり言わず、目立つことの嫌いな、引っ込み思案な娘になってしまいました。

いいえ、私は感謝こそすれ、一度たりとも兄さんを責めたことなどありません。何度も言いますが、美恵子を義理の娘にしてくれた兄さんには、本当によくして頂いたと思います。

それにしても、いったい何人が、兄さんの右腕一本に頼って生きていたことでしょう。松子姉、私、清一と美恵子兄妹、女中たち、千萬子。果ては、兄さんの親戚までが、何不自由ない生活を保証され、少なくはない小遣いを与えられ、服や装身具を買って貰い、何かあれば、見舞いやお祝いなどを平然と受け取っていたのでした。

しかも、兄さんと一緒に暮らしていれば、出版社の方はちやほやしてくださいますし、内外から著名な方々も来訪されます。到来物は高価な珍しい品ばかりで、女中たちに家事を任せて美食三昧《ざんまい》。歌舞伎見物も映画鑑賞もいい席が取れて、役者とも会うことができる特別待遇。いくらでも楽しい暮らしができるのでした。

そんな境遇を謳歌《おうか》しているように見えた美恵子が、突然「仕事をしたい」と言うので、私は心底驚いたのでした。

「美恵ちゃん、あんたがそんなこと考えてるなんて、誰も知らんやろな」

隣の布団で寝ている美恵子が、身じろぎする気配がありました。

「せやな、誰も知らんやろな」

小さな笑い声が洩れました。

「お母さんかて知らんのやろ？」

「知るわけないやろ。お母さんは、何も見てへんのよ」と、言い捨てます。

松子姉は、兄さんと千萬子のことにばかり気を取られていて、美恵子の悩みなど気が付きもしないのでしょう。

「そやけどなあ、美恵ちゃん、職業婦人なんて格好悪いで。仕事をする女なんて、ますます縁遠うなるさかい、やめとき」

私たち姉妹は、女が仕事をしたら品が悪くなる、と教え込まれてきました。職業婦人というのは、低い階級の貧乏な女のなるものだ、と。兄さんも、密かに職業婦人を蔑《さげす》んでいたと思います。

「そうかなあ。でも、このままでもあかんやろしな。あたし、どうしたらええかわからん」

美恵子の声が、途方に暮れたように語尾がはっきりしなくなりました。

「絶対に、いつかはあんたのお婿さんになる人が現れるて。諦めんとき」

「そやけどなあ、こないだお風呂に入っている時、外で女中さんたちが話しているのが聞こえてん」

「何やて？」

家人が風呂を使っている時に外で話す、とは不用心を通り越して、聞こえよがしではありませんか。私は聞く前から、腹立たしくなりました。

若い女中を大勢置くのは、兄さんの道楽と言ってもよく、手が多いので助かる半面、管理には気苦労も多いのです。松子姉も私も常に女中たちの動向には気を配っていましたが、時折、こんなことも出来します。

「皆で私の見合いのこと話してた。お嬢さんは、もう三十回以上も見合いしているのに、ちっとも決まらんて。あれやったら、旦那さんが賞金でも付けんと、貰い手なんか絶対に来やへんて」

「そんな酷いこと、誰が言うたの。美恵ちゃん、言うてごらん。重子姉ちゃんが怒ってあげるから」

私がいきり立ちますと、美恵子が寝返りを打ったようで、遠くから声が聞こえました。

「ええよ。重子姉ちゃんがそんなこと言うと、今度は姉ちゃんが嫌われるよ。多勢に無勢や」

「多勢に無勢か。ほんに、美恵ちゃんは諦めが早いな」

千萬子のことといい、女中たちの陰口といい、どうして美恵子はこんなに覇気がないのだろう、と可愛い姪《めい》ながらも、私はやや呆れて言いました。

「しょうがないわ。居候やから、どうしてもこうなるねん」

美恵子の言葉を聞いた途端、私はがばっと布団を撥《は》ね上《あ》げて立ち上がり、いきなり電灯のスイッチを捻りました。部屋が明るくなって、オレンジ色に染まります。

美恵子が眩《まぶ》しそうに目を細めました。

「何すんねん、重子姉ちゃん。目が覚めるやないの」

「あんたがあんまり情けないからや。そのままお風呂から出て行って、今喋ったの誰や、て聞いたらよかったのに」

「いやや。そやかて、裸やもん」

美恵子が笑いだしたので、私も仕方なく笑ってしまいました。一事が万事、こんな調子。いつもにこにこして意見ははっきり言わず、諦めも早い。繊細で頭もよく、気が付く癖に、行動が伴わないのです。「仕事をしたい」と言ったのは意外でしたが、それだけの気力はないようです。

同じ兄妹でも、清一は違いました。大学から東京に行きましたし、建設会社に就職しましたから、鍛えられたのでしょう。

「重子姉ちゃん、あたしが男やったらよかったと思わん？」

やれやれ、と私が寝床にぺたんと座ると、美恵子が笑いながら言いました。

「何で。そやったら、兄さんは養女にせぇへんで」

「だからや」

そうか。美恵子は兄さんから自由になった清一を羨んでいるのだ、と私は胸が詰まったのです。庇護されて贅沢させて貰っているけれど、自由になりたい、と。

でも、美恵子は女故に、自由になるだけの教育や価値観を身に付けられなかったのです。それは、私も同じなのでした。

「そやかて、美恵ちゃん。兄さんにしてみたら、ほんまの娘の藍ちゃんがおるのに、あんたを義理の娘としたのは、よほどのことやで。松子姉が亡《の》うなったら、あんたが、兄さんの本の権利を受け取ることになると思うで」

美恵子が何のことか、というようにぽかんとしています。

「そやから、別に仕事なんかせんでもええってことや。お金の心配なんか、一生せんでええのよ」

自分で言いながら、私は美恵子の芽を摘み取っているような気がしました。なかなか縁談が纏《まと》まらないことを、美恵子なりに屈辱だと感じているのは間違いありません。

　だからこそ、仕事を持って独立したい、という気持ちになったのに、私はいやしくも、兄さんの著作権のことなんか持ち出しているのです。

「そんなんずっと先や。あたしはお婆さんになってしまう。あたしは今、もっと好きに暮らしたいんよ。でないと、姉ちゃんと同じや」

　そこまで言ってから、美恵子ははっと口を噤《つぐ》みました。言い過ぎたことに気付いたのでしょう。私は、まだ寝床にぺたんと座ったまま、顔を背けて言いました。

「そやな。あたしは、松子姉ちゃんがいんと何の価値もないもんな」

「そんなこと言うてへんよ。重子姉ちゃんが価値がない、なんて思うたことない。ただ、あたしが言いたかったんは、誰かの顔色見ながら暮らすのは時々いやになるな、と思うただけなんや」

　珍しく多弁になった美恵子が、目を伏せて一気に言いました。

　美恵子が誰の顔色を見て暮らしているのかは、口に出さずともわかります。この家の主である兄さんの存在は、何の力も持たない娘の前では、かくも強大なのでした。

　そして、美恵子からすると、私も美恵子同様、自由を奪われておとなしくしているように見えるのでしょう。女中たちは、私のことも何か噂しているに違いありません。

「お父さんのことも気になるけど、何や言いにくうて会いにいかれへんし。清一兄ちゃんは、時折会うてるみたいで、羨ましいと思うことあるねん」

「お父さん」とは、言わずと知れた小津清之介のことです。清之介は、小津商店を倒産させてしまってから、戦時中は、小樽で造船業を始めたようですが、うまくいきませんでした。

戦後、おようさんという女性と出会って、おようさんの妹とその子供とともに、藤沢の実家に転がり込んでいる、という話を聞いたのが、かなり前のことです。その後、暮らしに困って、長尾順孝《ながおじゅんこう》のところに現れたそうです。

長尾は、私ども森田家の親戚です。子供の頃は同じ町内に住み、よく行き来をしていましたから、長尾は、清之介の窮地を救わないと、松子姉にも迷惑がかかるし、ひいては谷崎の名が汚れる、と考えたのでしょう。清之介に、日劇ミュージックホールの仕事を世話してくれたのでした。仕事と言っても使い走りのようなことだったそうですが、清之介も熱心に働き、今は宝塚歌劇団の東京宿舎の支配人をしているのでした。

「何で、お父さんに会いたいん？」

「そやかて、本当のお父さんやし、何やあたしと似ている気がするねん。何やってもうまいことといかへんし、見方が甘《あも》うて、でも、何や憎めへんやろ。前に、あたしらがお芝居を見に行った時、お母さんのこと、『小津松子様』ってアナウンスで呼び出させたやない。

後で、清一兄ちゃんが聞いたら、あたしの顔が見たかったんや、言うたって。それを聞いてから、何や、えらい気になってな」

「ほしたら、今度、東京に会いに行こ」

美恵子は返事をしませんでした。そんなことをすると、兄さんの機嫌を損ねるのではないか、と気にしているのです。

「美恵ちゃん、寝ときなさいよ」

私は電灯は点けたまま、立ち上がりました。

「どこ行くの」

「ご不浄」

美恵子には嘘を吐いて、私は真っ暗な廊下に出ました。兄さんたちの寝室からは、兄さんの大きな鼾《いびき》が聞こえてきました。高血圧症のせいか、鼾が大きいのです。私は兄さんたちの寝室の角を曲がって、常夜灯の点《とも》ったお勝手に向かいました。

飲みたくなったのです。いったん飲みたい気持ちに火が付くと、そのまま燃え盛って収まらないのです。

私は暗い廊下を手探りで歩きました。女中部屋からも、大勢の寝息や微かな鼾が聞こえてきましたが、誰かが起きている気配はありません。

ほっとしてお勝手の扉を開け、電灯を点けてから素早く扉を閉めました。誰かが起きてきたら、水が飲みたくなった、と言い訳するつもりです。

私は流しの下の戸を開けて、日本酒の飲み残しを探しました。新しい酒が数本見つかりましたが、封を切っていないのでやめました。ブランデーは見当たりません。他の戸棚を探す余裕もなく、私は料理酒の一升瓶を引き寄せ、コップに注ぎました。その場で一杯、水のように飲み干してから、再び注いで、今度はゆっくりと飲みました。

少し経つと、心臓がとくとくと速くなり、顔が紅潮し始めるのが感じられました。私の細い血管を、アルコールが流れてゆく。生きている、という実感がありました。

これでもう何があっても、平気です。私はもう一杯飲んでから、部屋に戻りました。

部屋に戻ると、美恵子は明かりを点けたまま、眠っていました。私は布団を被りながら、料理酒とコップを流しにそのまま置いてきたことを思いだしました。

女中たちが、また何か言うかもしれません。「どうでもええわ」と、呟くと、美恵子が呼応するように小さな息を吐きました。

10

小津清之介が倒れた、という知らせがもたらされたのは、何とその数日後でした。私が女中相手に、新しい毛糸を桛《かせ》から巻き取っていると、松子姉がやって来て、「ちょっと、重ちゃん」と呼ぶのです。

後にしてくれればいいのに、という言葉を呑み込み、私は糸巻きをやめにして立ち上がりました。少々、億劫な気持ちがありました。毛糸を巻き取るのは、力の強さが一定の方がいいので、最後まで私がやりたかったのです。

寝室に呼ばれたので、私は少々仏頂面で付いて行きました。

「何やねん、姉ちゃん」

「清之介さんが倒れたんやて。さっき、長尾さんから電話があった」

「え、ほんま？」

「脳溢血《のういっけつ》やて。今、あの人が手配してくれはって、お医者さんが向こうてる」

何ということでしょうか。つい数日前、美恵子が会いたいと言っていたばかりなのに。

「どんな様子なんやろか。あたし、見に行こか？」

松子姉はきっぱりと首を振りました。

「ええよ。報告は長尾さんからしてくれるし、清之介には、おようさんという奥さんもいるんやし、もう関係あらへん」

「そやけどなあ、清一と美恵ちゃんがいるねんし」

関係ないわけではない、という言葉を続けずに呑み込みますと、松子姉はゆっくりと頷きました。

「あの人次第やね」

「尾羽《おは》打ち枯らす」という言葉がありますが、近年の小津清之介がまさしくそういう状態だったと、長尾順孝から聞きました。

ある日、長尾が鎌倉の家におりますと、「金を落とした」と、清之介が家を訪ねて来たことがあったそうです。

藤沢に住んでいるので、電車賃を貸してはくれまいか、ということだったそうですが、長尾は清之介の格好を見て、それは嘘だ、とぴんときて千円を渡したのだとか。

少し経ってから、また清之介が訪ねて来ました。今度は、勝手口から入ろうとしたので、長尾は慌てて押し止めました。

「どうぞ、玄関からお入りください」

すると、清之介は腰を屈めて言ったそうです。

「玄関から通るような身分では、もうございません」と。

それでも無理に玄関に回って貰うと、遠慮しいしい清之介が入って来ました。その姿を見て、長尾は驚いたそうです。

安っぽい背広の袖口は擦り切れて、ズボンの膝は抜け、中のシャツはさんざん洗《あら》い晒《さら》されて灰色になっていた。これが、あのロイド眼鏡に誂《あつら》え背広しか着なかった、お洒落で気障《きざ》な小津清之介の姿か、と涙が出そうになったとか。

清之介も、今の自分の姿が長尾にどう映るのか、すべて承知だったのでしょう。が、零《れい》落《らく》ぶりを恥じるでもなく、淡々と頭を下げたのでした。

「ご存じのように、私は事業に失敗して、父から受け継いだ財産をすべて失ってしまいました。それどころか、借金まで背負い、松子とも別れ、子を手放し、大阪を逃げるように出て来ました。心機一転、小樽で始めた事業も失敗してしまいました。今や、家も職も財産もすべてなくしてしまった状態です。まったくもって、不徳の致すところでございます。

しかし、今の私には、何ものにも代《か》え難《がた》い大切なものもございます。妻のようと、その妹、妹の子供と、ようの両親です。ようの両親は藤沢で百姓をしていますが、心根の立派な人たちです。狭い家なのに、ひとつも嫌な顔をせずに私を住まわせてくれています。この五人が、今の私を支えてくれていると言っても過言ではないのです。この者たちのためにも、私は仕事をせねばなりません。どうか、長尾さん、一生のお願いです。日劇ミュージックホールで、私を使ってはいただけませんでしょうか。使い走りでも便所掃除でも、何でもいたします。どうか、どうか、お願いいたします」

長尾は清之介を、自分の給料の中から小遣いを払う、という形でプライベートで雇いました。清之介は、長尾の好意を意気に感じて、「ヌード」と呼ばれるダンサーさんたちの間を走り回るようにして、とてもよく働いたのだそうです。

その働きぶりが上にも認められて、宝塚歌劇団の東京宿舎支配人に落ち着いた矢先の、悲報でした。

長尾が清之介にそこまでしてくれたのは、森田家と親戚だからという理由だけではなく、以前、清之介に岸田劉生《きしだりゅうせい》の「麗子像《れいこぞう》」を一枚貰ったことがあって、並々ならぬ恩義を感じていたからだそうです。長尾は子供が盲腸になった時、その絵を売って手術代を捻出《ねんしゅつ》して急場《きゅうば》を凌《しの》いだことがあったのでした。

そういう豪気な逸話がたくさんあるのも、小津商店のボンボン、小津清之介ならでは、でした。が、清之介が困窮した時に助けてくれたのは、長尾ただ一人、ということになります。

私も、清之介が嫌いではありませんでした。素面《しらふ》の時の清之介は、よく気が付いて明るく、一緒にいると楽しい人でした。

松子姉だとて、さんざんな目には遭わされましたが、心の底の底では、許していたのではないかと思います。何と言っても、清一と美恵子の父親なのですから。

清之介が倒れたという報は、青空の澄んだ四月の午後に届きました。暖かい日で、美恵子は、若い女中と一緒に犬の散歩に出たところでした。

帰りを待ち切れない松子姉が、庭下駄を突っかけて、庭から玄関先に回って行くのが見えました。その苛立つ横顔を、縁側のガラス戸越しに眺めながら、私は廊下にある電話機の前に行きました。

用がない限り電話などしないので、千萬子の声を聞くのは久しぶりです。

「もしもし、千萬ちゃん？」

すぐ近くで、のゆりが何ごとか叫んでいます。その元気な声に、自然、私の頰が緩《ゆる》みました。

「あら、お義母様ですか。お久しぶりですわね。皆様、お変わりございませんか？」

千萬子はいつものように落ち着いていました。平日の午後ですから、清一がいないことはわかっていましたが、私は尋ねました。

「おかげさまで、変わりはないんやけど。清ちゃん、いる？」

「清一は出張でおりません」

千萬子は、少し笑ったようでした。

「わかってたんやけどね、一応」

「どうかしまして？」

千萬子は勘のいい女です。急に緊張した様子でした。凶報というのは、声の調子でわかってしまうのでしょう。

「実はな、さっき長尾さんから電話があって、清之介さんが倒れたんやて」

「倒れたってことは、どういうことですか。何がどう起きたのか、教えてください」

千萬子が、兄さんと手紙で連絡を取り合っては、兄さんの仕事の相談に乗っていることは聞き及んでいました。以前は、何でも松子姉に相談していたのに、最近の兄さんは、若い千萬子に頼っているのだそうです。ですから、こういう時の千萬子の反応が、事務的、かつ居丈高に聞こえて、私の癇《かん》に障るのでした。

「それが、まだようわからへんのよ。そやけど、あまりようないと聞いてるさかい、どないしよかと思て」

辛抱強く言いますと、千萬子はたたみかけるように返します。

「わかりました。清一には何て伝えればいいですか？」

私は何と言おうかと言葉を失いかけます。こんな時は、「さよか、そら難儀なことやな、そやったら、早う会いに行った方がええんとちゃうか」というような話をしたいだけなのに、千萬子は矢継《やつ》ぎ早《ばや》に言葉を繰り出してきます。

「倒れたということだけ、清ちゃんに伝えてくれはりますか？　場合によったら、行かんとならんさかい」

「清之介さんは、今どちらにいらっしゃるんでしょうか」

「東京や。ところで、清ちゃんこそ、今どこにいるん」

これまで歯切れのよかった千萬子が、急に言い淀みました。

「さあ、多分、福岡か山口だと思いますが、わかりません。これから会社に電話して聞いてみます」

この時、初めて、私は千萬子と清一の仲が急速に冷えているのではないか、という松子姉の心配を思い出したのでした。

清一が出張ばかりして、北白川の家を留守にしているのは、私も気付いていたことでした。可愛い娘がいるんだから、もっと家にいなさいよ、と苦言を呈したこともありましたが、「仕事だからしょうがないよ」と苦笑混じりに言われたのでした。

「千萬子ちゃん、何かあったら、また電話するから、よろしう頼むわね」

「はい、わかりました。伝えます」

千萬子との電話を終えた後、私も玄関先に回って、松子姉と美恵子の帰りを待ちました。五分後、二人が帰って来ました。美恵子は泣いてはいませんでしたが、さすがに暗い面持《おもも》ちでした。

「ええ季節やな」

それなのに、松子姉はのんびりと裏山を見上げて言いました。山桜もそろそろ終わりで、山中が萌えるような新緑で覆われ始めていました。こんなに美しい季節に、清之介は倒れてしまったのか、と私は不憫でなりません。

「清之介さん、助かるとええな」

私が独りごちると、耳に届いていたらしく、松子姉はゆっくり首を振りました。

「意識は戻ったらしいけど、かなり悪いて聞いてるねん。心の準備しとかな、あかんな」

「せやな。脳溢血やったら、話せへんようになることもあるんやし、清ちゃんと美恵ちゃん、早う行かせた方がええんちゃうか？」

しかし、松子姉は落ち着いていました。

「あの人もさんざん勝手した挙げ句や。もう思い残すことはないやろ」

「けど、美恵ちゃんはどうしたいのん？　会いたいんやったら会いに行ったらええ」

美恵子と目が合ったので問うと、美恵子はまた表情を見られたくないように俯きました。

「あたしは、ここで待ってる」

待つのは、死の知らせでしょうか。

「待つだけでええの？　喋れるうちに会うてきやへんの？」

美恵子は曖昧に微笑んで、何も言いませんでした。兄さんの機嫌を損ねたくないと諦めているのかもしれません。

美恵子は、兄さんが、美恵子の「習い事」にいい顔をしないのを知っているのです。

近頃、美恵子はテレビに出たり、演出家の先生の指導を受けて、芸事というより、芸能活動をしているのでした。兄さんはそのことを、素人芸《しろうとげい》で、とても人様に見せるようなものではない、と手厳しく言うのでした。

「ほな、あの人に相談してくるわ」

松子姉が、母屋の端にある書斎に向かって歩いて行きます。心なしか、肩に力が入っているように見えました。

その頃の兄さんは、高血圧症からくる目まいや体力の衰えのために、時折、口述筆記で原稿を書いていました。代筆を頼んでいるのですが、能力のある適当な人物がなかなか見つからず、以前来てくれた方に再びお願いしよう、ということになっていました。松子姉は、機嫌の悪い兄さんと筆記者の間に入って、いろいろと気を揉んでいる最中なのでした。

清之介が死に瀕しているということも、このような事情から二の次になっているように感じましたので、私は一人、和箪笥の前で喪服の検分を始めました。

近いうちに必要になるのでしたら、今から用意せねばなりません。不吉なようでも、誰かがそっと準備しておかなくてはならないのです。

私は女中のキミを呼んで、あれこれ言い付けました。

「清之介はんが危篤《きとく》やから、喪服の準備をせなあかんのよ。手伝うてや」

「へえ」とキミは心得顔に頷きました。

「兄さんと姉ちゃん、あたしの襦袢《じゅばん》に半襟《はんえり》を付けといてや。あと、美恵ちゃんの喪服に畳み皺があるさかい、アイロンかけといて」

キミが頷いてから、私に問いかけました。

「田邊の奥様。誰かが、お勝手で料理酒を飲んでいるようです。女中の誰かかと思いますが、どないしまひょか」

私は息が詰まったように感じました。実は、毎晩のように飲んでいるのです。が、何食わぬ顔で言いました。

「放っとき、そんなこと。こんな時にしんどいやない」

「へえ」とキミは不満げに首を突き出しましたが、私は横を向いていました。

その後の二日間は、小康状態というのでしょうか、何ごともなく過ぎました。私は喪服の用意をしたことを後悔し始めました。いったん仕舞おうかと思ったその日の夕方、清一から電話がかかってきました。

「お義母さん、清之介、つい先ほど亡くなりました」

電話の向こうで、泣いているようです。清一は、清之介と時折会っていた模様ですが、困窮していた清之介が、実の息子には助けを求めなかったのは、最後の矜持《きょうじ》だったのかもしれません。

長尾の話ですと、清之介は脳溢血で絶対安静、と言われたのに、「溲瓶《しびん》の中なぞへ、可笑しくて小便が出来るものか」と、歩いてご不浄に行ったそうです。それがもとで肺炎を起こし、あっけなく亡くなったとのことでした。

清之介の葬儀は、宝塚の生徒が大勢集まって、とても賑やかで華やかな式でした。これだけは、兄さんも羨ましそうでした。

清之介の死後、美恵子は変わりました。以前より活発になったのです。

その前は、演出家の先生の要請で舞台に出る時も、テレビに出演する時も、とても自信なさげで、乞われたから仕方がない、という風情でした。しかし、清之介の死後は、より積極的になって、自ら役を勝ち取るということもしているようでした。

清之介の死に際して、美恵子が何か心に期したのだろうと思いましたが、そのことを話してくれることはありませんでした。

第三章　狂ひけん人の心

1

千萬子の母親、山伏節子は、京都では知る人ぞ知る女性です。

日本画家・本橋寿雪の娘という血筋もさることながら、山伏病院の院長夫人であり、「をだまき」という短歌結社の同人でもありましたから、裕福で美しいだけでなく、賢い女性と評判だったのです。そして、松子姉と並んで、京都では芝居や歌舞伎に目のない、遊興好きな夫人として有名でした。

千萬子は、そんな母親に対して、批判的な目を持っていたのでしょうか。あるいは、その血を色濃く受け継いでいたのでしょうか。

私が見る限り、千萬子はまだ若いのに、両極に引き裂かれているような印象がありました。即《すなわ》ち、世の中とはこんなものだと割り切った聡明さと、自分でも制御できない享楽的な佇まいとに。

兄さんは、千萬子のそんな両極端の本質をいち早く見抜いていたのかもしれません。初めて会った、レビー夫妻のお茶席の時から、千萬子をすでに気に入っていたのですから。あの時の千萬子は、まだたったの十九歳でした。

千萬子と清一が結婚したのは、昭和二十六年。千萬子は二十一歳の学生でしたが、兄さんは六十四歳になっていました。

私は、六十四歳の兄さんが、どんな気持ちで若い嫁を見ていたのだろう、と想像することがあります。兄さんは、千萬子の両極に引き裂かれた資質が類い稀《まれ》であるとし、そこに冷静なものの見方を感じたのではないかと思うのです。それは、兄さん自身にも共通する、作家的資質だったのではないでしょうか。

私が不思議でならないのは、いくら歳が離れていても、似ている男女は惹かれ合うものだ、ということです。それを止めることは、誰にもできません。

いいえ、私は決して千萬子を認めて、味方をしているわけではありません。千萬子とはまったく気が合いませんでしたし、兄さんの心を奪って、松子姉を苦しめた張本人だと憎んでもいるのです。

それでも、晩年の兄さんの華やいだ心を思うと、切なさで胸が痛くなるのでした。千萬子によって、兄さんはおそらく、初めて恋の苦しみを味わったのです。果たして千萬子も、同じような思いだったのでしょうか。

一方、兄さんが夢中になったのは千萬子のせいではないとしても、松子姉の苦悩はいかばかりだったでしょう。それを思うと、私も息苦しくなるのです。

谷崎の久遠《くおん》の女性と言われながら、谷崎の晩年、松子姉の矜持は地に墜《お》ちました。

千萬子が清一との間に子をなして、北白川の家に引っ越した時、私に「千萬子を監視してほしい」などと口走りつつも、松子姉は安堵《あんど》したはずです。とりあえず、兄さんの心を騒がせる女が、目の前から去ったのですから。

しかし、兄さんは千萬子の娘、のゆりを溺愛し、のゆりを口実に、千萬子宛にせっせと文《ふみ》を認《したた》めるようになりました。

もちろん、のゆりは松子姉にとっても初孫ですから、松子姉も兄さんに負けじと可愛がりました。私だって、養子に取った清一と千萬子の子ですから、可愛がります。

そんなこんなで、じいさん一人とばあさんが二人、千萬子の子供に夢中になったのでした。が、ジジババと孫との交流だったはずが、やがて兄さんと千萬子の、誰も入っていけない強い絆になるとは、誰が想像し得たでしょうか。

二人の間で手紙が頻繁に行き来するようになったのは、昭和三十二年頃からでした。それが、いつしか速達で行き交うようになったのです。ほとんど毎日、しかも何年も。

「奥様、郵便物でございます」

熱海の家の郵便受けには、朝夕刊の他に、出版社からたくさんの郵便物が届きます。雑誌類、重版した兄さんの著作、新刊本の見本、作家仲間から贈られた本、資料、そして手紙類や葉書。

それを取りに行くのは、若い女中の役目でしたが、両腕いっぱいに抱え切れないほどの量でした。

兄さんの書斎に届ける前に、その大量の郵便物を、松子姉と女中が二人で粗選《あらよ》りします。安っぽい宣伝物や、ファンレター、脅迫状などがないか、封を開けていちいち検分するのです。時には、私も手伝わねばならないほどの量でした。

「またや」

松子姉が、速達の赤いスタンプが押された一通の封筒を摘《つま》み上《あ》げて呟いたのが聞こえました。

「熱海市伊豆山鳴沢《なるさわ》一一三五
谷崎潤一郎様」

裏書きを見るまでもなく、千萬子の筆跡だとわかります。ほぼ毎日届きますので、珍しくも何ともありません。

「速達やから、すぐに旦那様に届けておいで」

松子姉は、渋々といった体《てい》で女中に封書を手渡しました。不愉快そうなのは、速達を名目にして、二人だけの通信方法を使っているのが嫌だったのでしょう。

以前は、兄さん宛に届いた千萬子の葉書などは、何か事務的なことでも書いてあるのか、と遠慮なく読んでいました。千萬子は私にとっては田邊家の嫁、松子姉にとっては長男の嫁となるのですから。しかし、さすがに信書で速達となりますと、兄さんに直接届けねばなりません。

それも、いつの間にか分厚くなった上に、速達と限られて久しいのです。しかも、ほとんど毎日行き交うようになったのですから、どうしたって中身を読みたくなるのは、人情というものではありませんか。

松子姉は、「千萬ちゃんからの手紙には、どないなことが書いてあるのん?」と、思い切って兄さんに尋ねたことがあるそうです。すると、「のゆりのことに決まっている」と不機嫌に言われて、返す言葉がなかったそうです。

兄さんもほとんど毎日、返事を書いていました。書斎の呼び鈴がけたたましく鳴らされますと、慌てて若い女中が書斎に飛んで行きます。すると、ぬっと封書が手渡されるのだそうです。

「京都市左京区北白川仕伏町三

田邊千萬子様」

兄さんの字で、「速達」と大書してあります。

「これ、出して来てください」

兄さんに言われた女中は、急いでバス停まで走って、郵便局に行くのでした。日に何度も、ということもあり、そんな時はさすがにうんざりした様子でした。

その日、千萬子からの手紙を女中が書斎に持っていった際、私は松子姉を呼び止めました。

「姉ちゃん、ちょっとええ?」

「何やねん」

さすがに松子姉は浮かない顔をしていました。

「千萬ちゃんは、何て書いてきはったんやろか?」

「のゆりちゃんのことやろ」

「そんなに書くことないやろ。ほんまかどうか、確かめた方がええんちゃう?」

「どないして確かめるのん?」

松子姉が呆れたように言います。

「兄さんがいはれへん時に書斎に入って、こっそり読んでくるんや。姉ちゃんが嫌なら、あたしが読む。反対に、あたしが北白川に行った時は、兄さんの手紙を読んでくる」

反対されるかと思ったのに、松子姉は暗い面持ちになって、「そやな」と、ひと言漏らしました。

「姉ちゃん、読んだら、あたしにも教えて」

「ええけど。何で」

「もし、何ぞ姉ちゃんを傷付けるようなことが書いてあったら、あたしの監督不行き届きやさかい、ごめんな」

「何であんたの？」と、松子姉が問いかけて、得心したように黙りました。

私は田邊家の「姑」ですから、「嫁」の不始末を謝るべきだと思ったのです。松子姉は、それ以上何も言わずに、書斎の方を見遣っていました。

兄さんは今頃、不自由な右手を動かして鋏《はさみ》を使い、千萬子の手紙を開封していることでしょう、もどかしそうに。やがて、顔に浮かぶ喜色。

そこまで想像した私は、松子姉も同じことを考えているのだと確信しました。

昭和三十四年頃は、千萬子の手紙の他にもいろいろな問題が出来して、松子姉が煩わされた時期でもありました。

高血圧症が進んだ兄さんは、軽い発作を何度か起こしたのです。その後、右手の疼痛《とうつう》が酷くなりました。右手と言えば、小説の仕事の根幹に関わりますから、兄さんの焦りは大きかったと思います。

まるで氷水に浸したように冷たくなって痺《しび》れ、痛みで筆も持てないほどでしたから、代筆者を雇わねばなりません。

そのためか、兄さんは常に不機嫌で、何か気に入らないことが起きると、手が付けられないほどに激昂するのです。兄さんには気の毒なことでしたが、私ども家族にしても、兄さんの機嫌を窺う、暗い日々が始まったのでした。

千萬子からは、早速手編みの右手用手袋が届きました。兄さんは喜んで皆に見せて回り、女中たちにも同じ物を編むように命じました。そのうち、器用な女中の一人が、熱海銀座で毛糸を買い、見様見真似《みようみまね》で千萬子の作った手袋とそう変わらない物を編むようになりました。

私も負けじと、東京に出ては舶来の毛糸を買って帰り、せっせと右手用の手袋を編みました。でも、千萬子の編んだ手袋は、細い毛糸できっちりと丁寧に編まれ、誰も真似ができきない出来映《できば》えでした。

しかし、兄さんの右手の疼痛は治まらないどころかどんどん酷くなり、日常の所作や仕事にも影響が出るようになりました。それで秘書が必要になったのです。

兄さんは、筆記もできる若い女性秘書を雇いたがっていました。が、そうそう優秀な人がすぐに見つかるわけはなく、いろんな方を紹介されては、気に入らずにクビにしていたのです。

さらに、女中の問題がありました。これは兄さんの悪癖と言ってもいいかと思いますが、兄さんは、若い女中を大勢雇い、性格の差異を面白がったり、「品評」したり、皆に囲まれてちやほやされることに愉悦を感じているようでした。

誤解があると困りますので、はっきり申し上げますが、兄さんは若い女性を眺めて楽しんでいるだけではなく、様々な女たちを観察しては、芸術的感興を得ようとしていたのです。それは、昭和三十八年に上梓された『台所太平記』を読んでくださるとおわかりになるかと思います。

松子姉も私も何も言えずに、ただ兄さんの指示に唯々諾々《いいだくだく》と従う他はありませんでした。兄さんは病を得て、さらなる暴君になったのです。

昭和三十四年の正月、兄さんは友人の紹介でいらしたTさんという女性に、二万円もの月給を払って秘書にしました。

このことは後々、いろいろな問題を引き起こしました。以前、口述筆記をされていた方で、後に中央公論社の編集者になられた矢吹《やぶき》さんという女性にお支払いしていた額が五年前とはいえ六千円でしたから、ほぼその三倍。いかに破格だったかが、おわかりになるかと思います。

松子姉も内心では、そんな高額の月給に見合うほどの働きはしていないのでは、と思ったようですが、さすがの松子姉も、兄さんに何でも進言できる状況ではありませんでした。それほどまでに、兄さんの機嫌は毎日ころころと変わり、虫の居所の悪い日は誰も何も言えなかったのです。

しかし、兄さんが言うことを聞く相手が、たった一人いました。それが千萬子だったのです。

千萬子は、兄さんの仕事の相談にも乗り、兄さんの「ブレーン」のように振る舞っていました。

千萬子が京都からのゆりを連れて熱海にやって来た時、Tさんが書いた英文の手紙を、兄さんに見せられたのだそうです。

お茶を飲んでいる時に、千萬子は、そのことを私たちに向かって言いました。たまたま兄さんはいませんでした。

「Tさんの英文のお手紙、拝見しましたけど、簡単な単語のスペルが幾つか間違っていましたよ。あれでは、秘書失格だって、伯父様に申し上げた方がよろしいですわね」

松子姉が、おや、という顔をしました。

「失格？　Tさんには月給二万もあげてんねんよ」

「ええーっ」と千萬子が大声を上げたのを覚えております。「そんな高いんですかあ。二万円、もったいないなあ」

半分冗談だったとは思いますが、早速、松子姉が「千萬ちゃんが、あの人にそんな高い給料を払うのはあほらしと言うてた」と、兄さんに告げ口したものと思われます。たちまち、兄さんから千萬子にそのことを質《ただ》す手紙が行き、千萬子が猛反発したのでした。千萬子の言い分としては、松子伯母や重子義母が言いたいことを、あたかも千萬子の意見として進言したのが気に入らない、ということでした。

本当に面倒臭い事件でした。皆が皆、同じことを考えているのに、間に、千萬子と兄さんが入るのでややこしくなるのです。

しかも、兄さんは千萬子を一番大事に思って、信頼している、ということが窺い知れる一件だったものですから、松子姉と私の面目は、千萬子の前に潰れたのでした。

2

当時、兄さんを悩ませていたのは、自身の健康と、美恵子の結婚問題でした。

高血圧症の方は、周囲が気を付けていることもあって、一進一退を繰り返していましたが、年齢とともに少しずつ悪くなっていきました。右手の疼痛と痺れも、悪化こそすれ、よくなることはなかったようです。

そして、親しい友人や作家たちが次々と物故されていくのを見て、気落ちしたこともおおいにあると思います。次第に、兄さんの活力は奪われていったのです。

だからこそ、千萬子の若さに救いを求めていたのかもしれません。残り少なくなった命をあかあかと燃やすように、兄さんと千萬子の書簡は衰えを感じさせるどころか、ますます盛んに行き交っていました。

この頃、松子姉が切に願っていたのは、兄さんに何とか生き長らえて貰って、少しでも多くの作品を生み出すことでした。兄さんの身勝手、我が儘に耐えて仕えていたのは、以前の兄さんが自ら語っていた「芸術のため」だったのです。

五十を超えた私も、松子姉を支えて、作家・谷崎潤一郎の命を何とか長く引き延ばそうと躍起になっていました。

しかし、兄さんにとって、作品を生み出す原動力となっていたのは、若い千萬子であって、すでに松子姉ではありませんでした。それが晩年の谷崎を支える松子姉の苦悩であったと思います。松子姉の苦悩は、私の苦悩でもありました。

私たち姉妹は、谷崎家がうまく回るように差配しながらも、兄さんが渇仰《かつごう》する千萬子という新たな権力者に恐れ戦き、何とか千萬子に勝つべく、二人で知恵を絞っていたのでした。

昭和三十五年一月、兄さんの肩の荷がひとつ、下りることになりました。

ようやく美恵子と能役者の梅津秀夫《うめづひでお》の婚約が整ったのです。美恵子はすでに三十歳を過ぎていましたから、それまでにかなりの回数の見合いをしたものの、一度も成就しなかったことになります。

私も縁遠かったので、美恵子の気持ちはよくわかります。容貌もまあ整って、頭も悪くないのに、なぜ自分は断られるのだろう。その理由を考え始めると、女は自信喪失します。自信を失うと、ますます意気消沈して縮かまり、魅力が失せていくのです。

とりわけ美恵子は、一歳違いの千萬子と何かと比較されて可哀相でした。そんな美恵子を不憫がっていた松子姉は、婚約が決まって手放しで喜んでいました。兄さんも、こんな良縁が待っているとは思ってもいなかったのでしょう。やっと面子《メンツ》が立った、という風に安堵しておりました。

松子姉は、美恵子の嫁入り支度をせっせと整えました。京都から呉服屋を熱海に呼んで、持たせる着物を選んだり、家具を決めたり、式場の相談をしたり。そんな時の松子姉は、本当に幸せそうでした。もちろん、私の喜びも格別でした。私は美恵子の育ての親のようなものですから、千萬子なんかよりずっと幸せになってほしい、と密かに願ったものです。

梅津秀夫は、能楽の名門に生まれましたが、二年前に能の世界を飛び出し、現代演劇や映画、テレビなどに出演していました。お世話になっていた先生が引き合わせてくださって、美恵子は秀夫に仕舞を習っていたのです。新進気鋭の俳優として活躍している秀夫は、正直、美恵子には勿体ないような相手ではありました。

巷間《こうかん》では、女中たちが囁いていたように、谷崎潤一郎が高額の持参金を持たせたからだ、などと噂していたようですが、そんなことは一切ありません。この縁談が成就したのは、すべて美恵子自身の力によるものでした。

とはいえ、美恵子が舞踊公演に出させて頂いたり、テレビにちょい役で出たりする「芸能」活動を、兄さんはまったく気に入っていませんでした。周囲がちやほやするから、ろくな芸もないのにいい気になっていると、心配するどころか、常に腹を立てていたほどです。

だから、私はこの縁談に、兄さんが余計な水を差さないように、と願っておりました。ところが、美恵子に対する悪口めいたものを、兄さんは千萬子に手紙で送っていたようなのです。

これは、兄さんの書いた手紙の反古《ほご》を拾って読んだ女中の一人が喋ったのを、松子姉が聞きだして、二人で憤慨したのでした。いくら千萬子が可愛いからと言って、美恵子が千萬子に比べて劣っている、などと悪口を書く必要はないではないか、と。

しかし、この問題が複雑なのは、手紙の書き損じを読んだ、と兄さんに表立って言えないことでした。こうして松子姉と私は、兄さんと千萬子に対して、頑《かたく》なに、そして強硬に、あれこれ策を講じるようになっていったのです。

それでまたひとつ、思い出した事件があります。まだ美恵子が婚約する前、ちょうど秘書のT嬢のことで、千萬子が兄さんに訴えた頃のことでした。

千萬子が熱海に寄って兄さんにお金を貰ってから、東京に一人で買い物に行くというのです。スキーのアノラックを買うという話でした。私はアノラックが何かはわかりませんが、高価な品だということは薄々見当が付きました。

千萬子が兄さんにおねだりするのは、たいがい高価なものばかり。清一は薄給の勤め人ですから、千萬子がスキーに行ったり、スキーのための服装を揃えられるような余裕はありません。でも、贅沢に育った千萬子に始末な暮らしなどできるわけもなく、独身時代に遊んでいた頃のような生活を、結婚した今も求めているのでした。

兄さんは、千萬子の言いなりになるどころか、我が儘を言う千萬子を好んでいました。むしろ、千萬子の物欲を奨励し、千萬子が欲しがる物から若い人の風俗を知るのだと、喜んでいるところもあったのです。

「すべてが小説という芸術のためだ」と大義名分を振りかざされますと、松子姉は何も言えません。そこが兄さんの巧妙なところなのでした。

兄さんは女中に対しても気前のいいところがあり、散歩に連れ出しては、いろんな物を買い与えていました。新しい女中が来ると、一緒に熱海の商店街に出かけ、ネックレスや指輪などを買ってやるのです。

しかし、千萬子への出費は、そんな額ではありません。幼稚園受験をするのゆりが必要だから、と一万八千円のトランジスタラジオを買ってやった時は、私たちも啞然としたものです。

話を戻しますと、千萬子がアノラックを買いに上京する時、たまたま私も同じ列車で東京に向かうことになっていました。美恵子がテレビのオーディションとやらに出るための服を誂えたので、東京で待ち合わせて仮縫いに行くためでした。美恵子は打ち合わせがあるとかで、ひと足先に上京していたのです。

千萬子には、美恵子のオーディションなどについては、一切話していませんでした。美恵子自身から自分の「芸能」活動について、千萬子には何も喋らないでくれ、と頼まれていたからです。

美恵子が口止めする理由は、よくわかります。千萬子と兄さんは、何でも手紙で報告、相談し合っていますから、美恵子の芸能活動に批判的な兄さんに何を言われるか、わかったものではない、と案じたのだと思います。場合によっては、出演を禁じられたり、邪魔をされることもある、と考えたのでしょう。

私も松子姉も、美恵子が兄さんの庇護の下《もと》から出て行こうとする大事な時期だと考えていましたから、美恵子の考えはもっともだと思いました。もちろん、千萬子と兄さんの連合軍に対する、私たちの防衛策でもあったのです。

「あら、お義母様じゃありませんか」

車内でばったり会った千萬子が、驚いた顔で読んでいた文庫本から顔を上げました。私は千萬子が上京することはあらかじめ知っていましたから、涼しい顔をしていましたが、千萬子は知らなかったので気まずそうでした。

「千萬ちゃん、銀座でお買い物？」

私の声に何か棘《とげ》のようなものが表れていたのかもしれません。千萬子は少し躊躇《ためら》いながら答えました。

「ええ、そんなところですわ」

「ええわね。何を買いに行くのん？」

すると、千萬子は堂々と言うのです。

「伯父様から聞いてらっしゃるんじゃないですか」

「別に聞いてへんけど」

気圧《けお》されそうになりながら言うと、千萬子は説明するのも面倒そうに言いました。

「スキーのアノラックですわ」

私はむっとして、千萬子を懲《こ》らしめてやりたくなりました。千萬子は清一の嫁でありながら、兄さんの心を独り占めして、なおかつ小遣いもふんだんに貰っているのです。

「千萬ちゃん、清一のお給料が少ないからいうて、当てつけみたいなことしたらあかんで。月給取りなんやから、その中で遣り繰りを覚えなあかんやろ。あたしが田邊と結婚してた時も、田邊の給料の中でやってたんや」

説教口調で言うと、千萬子は黙り込んでしまいました。私が松子姉に言われて、見張り役で来たのか、と警戒したのでしょう。

ようやく列車が東京駅に着きますと、千萬子は私に尋ねました。

「お義母様も、お買い物ですか？」

「いや、あたしは美恵ちゃんの用事や」

思わず本当の理由を言いますと、千萬子は好奇心を漲《みなぎ》らせました。

「お義母様、美恵ちゃんは東京で何をしてはるんですか。この間、テレビに出はったと聞きました。どんな番組か教えて貰おう、と思いまして」

「さあ、あたしも知らんのよ」

私がとぼけますと、千萬子は傷付いた様子でなおも言いました。

「どうして、皆さん、美恵ちゃんのことになると秘密主義になるんですか。何でも言ってくださったらどうです。あたしが美恵ちゃんどうしてるのって聞くと、みんな誤魔化して、誰も何も仰らないんです。何でなんですか」

千萬子がムキになって言いました。私は「時間がないよって」と言って、さっさと席を立ちました。

その時の憮然《ぶぜん》とした千萬子の顔を見て、何だか哀れになりましたが、いずれ千萬子が兄さんに手紙で訴えるだろう、と思ったら、もうどうでもよくなりました。

案の定、四、五日経ってから、私は兄さんに呼ばれました。台所では、女中たちが喧《かまびす》しく夕食の支度を進めている時でした。私は台所の入り口に立って、初に味付けの相談を受けているところでした。

「重ちゃん、あのねえ」

高血圧症のせいでしょうか。兄さんは少し滑舌が悪くなって、舌が回らなくなっていましたが、この時ばかりははっきりと発音しました。

千萬子がスキー用品を買いに行くような二月の寒い時期でしたから、兄さんはどてらを着込んで、右手には千萬子手製の手袋、同じく千萬子が編んだ毛糸の帽子を頭に載せていました。

「何ですやろ」

旦那様が台所にやって来た、と女中たちがにわかに緊張するので、私は廊下の方に兄さんを誘いました。初は目を伏せて、すぐに台所に戻って行きました。

「あのねえ、この間、重ちゃんが東京に行った時のことです」

兄さんは早口で言いかけました。私には滅多なことで怒りませんが、兄さんは不機嫌そうに頬を膨らませています。

ああ、あのことを千萬子が手紙に書いたのだ、と私はぴんときました。覚悟はしていましたので、平気でしたが、千萬子も兄さんも、どうして人に知れてしまう行動を取るのだろう、と内心は不快だったのです。

千萬子が来る前は、兄さんと話ができるとたいそう嬉しかったものですが、千萬子との手紙が行き交うようになってからは、静かな敵対関係のようなものができつつありました。兄さんは何が何でも千萬子を守ろうとしていたのです。私にはそれが辛く感じられましたが、兄さんは気付いてはいなかったように思います。

「へえ、千萬ちゃんに列車で会いましたけど」

「どうして千萬子に同じ列車に乗るって言わなかったのかね？　美恵子に関してだと、皆が秘密主義になるので仲間外れになっているようで悲しいと言ってましたよ」

「それはすんまへん」

一応、謝りましたが、「秘密主義」という言葉を聞いて、兄さんが千萬子と同じ言葉を使ったことに、唖然としました。

二人が手紙で情報交換をし、相談ごとをしているのは知っていましたが、それでも列車で私が千萬子に言われた言葉を、兄さんがそのまま使っていることに衝撃を受けたのです。

「千萬ちゃんと同じ列車やったことも、会《お》うて初めて知ったくらいやし、美恵ちゃんのことも隠しているわけやないんです。ただ、美恵ちゃんが恥ずかしいんやないかと思うて言わへんかっただけですねん」

せっかちな兄さんは、私が話している間じゅう、何度も「わかりました、わかりました」と頷いていました。

「ただ、千萬子は嫁ですから、何かとこっちの敷居が高く感じるんじゃないかと思うんです。だから、気を配ってやったらどうかと」

「兄さん、わかってますねん。そやかて、あたしらも気を遣《つこ》うてますさかい、あまり気にせんといてほしいですわ」

兄さんは、私が刃向かうような態度を取ったので、一瞬顔を強張《こわば》らせましたが、思い切ったように続けました。

「それからね、美恵子の芸能活動だけど、僕はあまり感心しないんです。芸事というのは、子供の頃からやっている人に敵わないものだからね。そういう家に生まれたならともかく、ただ能や狂言をたくさん見てきたからって、同じ舞台には立てないってことです」

「兄さん、そこまで言わんでもええんやないですか」

私は怒りを感じて、思わずきつい言い方をしてしまいました。兄さんに対して、そんな言い方をしたことはありません。怒りを感じたのは、兄さんにとって美恵子はやはり養女だということです。本当の娘なら、応援こそすれ、絶対にそんなことは言わないでしょう。

兄さんは同じ他人でも、千萬子には限りなく優しい。なぜ、そこまで露骨に不公平な仕打ちができるのだろうか。私はあまりの理不尽さに、身悶《みもだ》えするような苛立ちを感じたのです。

3

兄さんの心情は、その時書いている作品に色濃く表れていると言っても、過言ではありません。兄さんは、自分の感情の動きこそが小説という芸術の核となっている、と信じているのだと思います。

それゆえに、私は自分がモデルとなった『細雪』を、生きるよすがにしているのです。

私は平凡で、何の能力もない女ではありますが、谷崎潤一郎という作家が私を認め、小説のモデルにしてくれたのです。それは、私が谷崎潤一郎という作家の心を揺り動かした証でもありましょう。

松子姉は、兄さんの関西移住後の傑作、『盲目物語』や『春琴抄』といった作品を生み出す原動力となりました。そして、私は『細雪』です。私たち姉妹の名が日本文学史に残るのは必定《ひつじょう》ですから、私は誇らしいのです。

とはいえ、熱海の仲田《なかだ》の家は、兄さんに「雪後庵《せつごあん》」と名付けられました。『細雪』が予想外に売れて、その印税で建てた家だから、『細雪』の後の庵《いおり》という意味だ、と聞いて、私は少し寂しく思いました。兄さんの心の中で、『細雪』の世界はすでに終わった、と感じられたからです。

兄さんは、その命名が気に入ったのか、その後建てた鳴沢の家も「後の雪後庵」と命名しました。その時、私はそろそろ何かが大きく変わりそうだと予感したのです。

兄さんが千萬子に心惹かれ、作品の原動力となる女性として崇《あが》め始《はじ》める予兆は、すでにありました。でも、それがはっきりと作品に表れたのは、昭和三十四年に発表された『夢の浮橋』ではないかと思います。

『夢の浮橋』は、右手の疼痛に悩む兄さんが、口述筆記で著した最初の小説です。そのため、自分の手で思うように書けない、という苛立ちがあったのでしょう。出来映えがどうも気に入らないと常に機嫌が悪く、さすがの松子姉も疲れ果てていました。

なので、かなり手を入れられるのかもしれないと思い、私は『中央公論』掲載時には読まずに、翌年単行本になるのを待ちました。

松子姉は、雑誌掲載時にこっそり読んでいたらしく、単行本を手にした私に、「短編やから、すぐ読めるやろ。あとで、重ちゃんの感想聞かせてえな」と耳打ちしました。

何かあったのだろうか。私は嫌な予感を抱きながら読み始めましたが、読後はしばらく体が強張って動けないほど、悲しくてなりませんでした。

松子姉と私が、作品の中で抹殺されたと感じたからです。兄さんは、松子姉と私に別れを告げ、夢の中に架かる危うい橋を渡って、違う世界に行ってしまったのです。いえ、別れという言葉は生易し過ぎるかもしれません。はっきり言えば、松子姉も私も、兄さんの小説世界から追放されたのです。

「どやった?」

感想を聞く松子姉の眉根が、ぎゅっと寄せられていました。

「面白かった。そやけど、最後がな、ちょっと兄さんらしないと思うたわ」

「そやな」

松子姉は浮かない顔ではっきり答えず、棟方志功《むなかたしこう》の手になる表紙を眺めていました。

「姉ちゃんはどない思わはったの」

私の問いに、松子姉は首を振りました。

「二人の『茅渟《ちぬ》』は、あたしらのことやと思た。何や母恋《ははこ》いの対象になったんかと思うたら、そやなかった。あの人は、あの橋を渡ったんやろなあ」

やはり、同じ思いだったのだと、私は四歳上の姉の顔を見つめました。美貌を誇った姉も五十六歳。年とともに痩せ細り、背が縮んだように感じられました。


ほとゝぎす五位の庵に来啼く今日渡りをへたる夢のうきはし

この歌は、『夢の浮橋』の冒頭に出てくる歌です。

主人公「糺《ただす》」少年の生母の詠という設定となっています。糺という名が、「糺の森」から取られていることからもわかるように、「五位庵」は、「後の潺湲亭」がモデルになっています。

糺は父親と生母と三人で、五位庵で暮らしています。が、生母は、糺が六歳の時に亡くなります。やがて父親は、面影も雰囲気も生母にそっくりな後妻を貰います。後妻は「経《つね》子《こ》」という名でしたが、父親は紀の生母と同じ名「茅渟」と呼びます。

二人目の「茅渟」は、紀の腹違いの弟になる子を産みますが、父親はその赤ん坊を余所に出してしまうのです。紀は、生母の乳房を口に含んだように、乳の張る継母の胸も吸うようになります。

このあたりの描写はまことに妖しく、私は胸が締め付けられるような心持ちになりました。生母と継母は、まるで松子姉と私のようだ、と心が騒いだからです。

面影も雰囲気もそっくりで、文字通り、明暗、光陰のような対になった二人の女。

「谷崎潤一郎は、松子と重子二人と結婚したようなものだ」と、どなたかが仰ったと聞きました。私は、無責任な発言だとは思いません。妻である松子姉には異論があるかもしれませんが、私は内心では、自分は兄さん夫婦に必要な人間だと思っていました。

松子姉は、最近衰えが目立ってきた兄さんの身の回りの世話を焼き、私は兄さんの世話で手一杯の松子姉の世話を焼きながら、谷崎家の主婦代わりとして、女中たちを差配して、恙《つつが》なく動かしているのです。

まさしく二人で一人の妻、それが私たちでした。松子姉だとて、私の存在がなければ、谷崎家が立ちゆかないのはわかっているはずです。

谷崎潤一郎のイメージとして存在する妻と実務者として存在する妻。その両方を、兄さんは私たちに望んだのです。

物語に戻りますが、やがて糺の父親は病の床に臥《ふ》すようになり、糺に植木屋の梶川《かじかわ》の娘、澤子《さわこ》を貰うように命じます。そして、澤子との間に子をなしても養子に出せ、と遺言して死にます。

その場面は、松子姉が兄さんの子を中絶した時のことを思い起こさせました。兄さんは、女が母親になると他の生き物になってしまい、尊崇の対象ではなくなることを心底怖れていました。

私にも子がいません。兄さんは、二人の「茅渟」には母でなく女でいること、糺には母を恋うように二人の「茅渟」を思え、と小説に書いたのです。

結末は怖ろしいものでした。糺と結婚して妻となった澤子が、継母「茅渟」の胸に百足《むかで》を這わせて、死に至らしめるのです。糺がまさぐった白い胸を、黒い百足が這う。想像しただけでも、薄気味悪い最後でした。

「澤子」とは、「千萬子」ではありますまいか。私は最後の場面を読んだ時、まるで自分の胸に百足が這っているかのように、震えたのでした。

小説では、澤子もやがて離縁されて、紀は里子に出された弟を迎えに行き、一緒に暮らすことになって終わります。でも、私には紀も父親も兄さんで、澤子が千萬子でありながら、「小説」の化身のように思えてなりませんでした。

私たち姉妹は、お役ご免とばかりに「小説」に捨てられました。兄さんは、まだ生まれてこない「小説」とは、距離を置いてはいるものの、いずれはそのわけのわからなさに取り込まれてゆくに決まっているのです。

それほどまでに、「小説」は魅力的な姿をしているのでした。なぜなら、新しい世界の扉を開けてくれるからです。何と前向きなことでしょう。おそらく、扉の隙間から洩れる光は神々《こうごう》しく、眩しいのでしょう。

『細雪』で描かれることによって、誰にも得られない栄光を得た私は、かように時代遅れになって捨て置かれていったのでした。

それは兄さんにも抗うことのできない、時代の流れのようなものだったかもしれません。そして、その時代の流れを見極めようとする者、それが作家という種類の人々なのです。

松子姉も私も、人生の長い時間をかけて、作家という人々が何を求めているかを学んだのです。学んで得た後だったが故に、喪失感も大きいのでした。

でも、千萬子は天性の勘によって、私たちが長い時間かけて理解したものを、瞬時に体得しているのかもしれません。芸術家の家に育ったことも大きかった。千萬子には、私たちとは違う感性がありましたし、何と言っても、私たちが永久に得ることのできない若さがあったのです。

千萬子の賢さと若さ。兄さんが囚われたものは、私たちにはすでに失われて久しいものでした。兄さんの晩年に、なぜこんな思いをしなければならないのか。松子姉の嫉妬がどれだけ苦しかったかは、想像を絶するものがあります。

しかしながら、千萬子はあまりに非凡で、清一とはうまくいきませんでした。それが、千萬子の悲劇であったかもしれません。

清一は優しい子です。私の夫、田邊が泥酔して殴りかかったりしても刃向かうことなく、適当に逃げてやり過ごしていました。清之介の死去の際も、すぐに東京に飛んで行って、後妻のおようさんを慰めていたと聞いています。

千萬子に、善人の清一は物足りなかったのではないでしょうか。兄さんとの交流が千萬子にとってはもっとも刺激的、かつ心温まるものだったのかもしれない、と思うこともあります。

千萬子から、死産したという知らせが来たのは、ちょうど私が『夢の浮橋』を繙《ひもと》いている頃でした。千萬子がまた子供を産めば、兄さんとの交流も変わるだろうと期待していたのですが、残念な結果になりました。

千萬子はしばらく落ち込んでいる様子でしたから、私も気を遣って北白川の方に出向いたりしていました。しかし、清一は留守をしてばかりで、二人の仲は死産を機に、再び冷え始めているようでした。

千萬子と二人だけで過ごすのは何となく気詰まりですから、私の足も自然遠ざかります。また、千萬子は実家の山伏病院に行くことも多いので、私も遠慮なく熱海で過ごすようになってしまいました。

もちろん、清一にはなるべく家に帰るようには言いましたが、私どもが心配したところで、若夫婦の仲は元通りにはなりません。兄さんが密かに不仲を奨励しているのではないかと、松子姉も私も気が気ではありませんでした。

私が清一と千萬子の家に滞在している時は、逆に兄さんからの速達が毎日のように届きました。住宅街ですから、顔見知りになった郵便屋さんも、「また速達きてます」と笑いながら渡して行くのでした。

千萬子は、兄さんからの速達が届くと、いそいそと手紙を持って寝室に引っ込んでしまいます。

を言うのです。

「兄さん、何て言うてるのん？」

　千萬子に意地悪い気持ちで聞いたこともあります。すると、千萬子は兄さんと同じ答えを言うのです。

「のゆりのことばかりです」

　取りつく島もない答えに、私の心は情けない思いでいっぱいになるのです。兄さんと千萬子の間に、私たちが入れない絆が生まれつつあるのは明らかです。そのことで松子姉が苦しんでいるのに、二人はどうしてこんな仕打ちができるのだろう、と私は千萬子の若い顔を見つめるのです。

「それだけやないんやろ。兄さんは千萬ちゃんに何か仕事のこととか、相談してるんとちがうのん？」

「そういう時もありますわ。映画の配役とか監督のことを聞かれることもありますし、新しい推理小説やお芝居の感想なんかを書いてくれ、と言われることもあります。伯父様が是非知りたいと仰いますので」

　以前は、松子姉と私と三人で歌舞伎や能などの話を夜通ししたものですが、最近の兄さんは体調が優れないせいもあるのか、私たちとの話そのものを避けているのでした。

「特に、若い人の意見が知りたいのだそうです」

千萬子が付け加えたひと言に、私はまたしても打ちのめされるのです。兄さんが、最近松子姉との会話のふとした折に、「バアサンが何を言ってるんだか」と呟いたことがありました。松子姉ははっとした様子でしたが、兄さんはまったく気付いていませんでした。

もちろん、松子姉はのゆりの祖母ですから「バアサン」には違いないのですが、兄さんの心の底から出てしまった真実の言葉なのだろう、と感じられたのです。松子姉は、兄さんより十七歳年下です。常に兄さんに若い息吹を吹き込んできたと自負していただけに、松子姉の傷は深いのではないでしょうか。

千萬子は、のゆりを幼稚園にやった後は手紙でも書いているのか寝室に籠もります。それから、坂下の郵便局に速達を出しに出かけて行くのです。千萬子が、いそいそと坂道を下って行く後ろ姿を眺めているうちに、何とか二人を止めなければ、と私は強く思ったものです。このままでは、清一と千萬子は別れるかもしれない。そうなれば、兄さんは独りになった千萬子の生活費を出すと言うに決まっています。

しかし、作家の仕事は打ち出の小槌《こづち》ではありません。収入が莫大なように見えても、本が売れた場合だけです。戦後は『細雪』が売れましたから、熱海に家も建てられましたが、どちらかと言えば自転車操業に近いのです。

兄さんが書けなくなったら、後はこれまでの作品の印税が入るのを待つのみ、となります。それだけでは心許ない。私は、兄さんが千萬子にお金を出すようになることだけは、絶対に止めなければならない、と思ったのでした。

その翌年、千萬子が出産したものの、その子がたった十日間生きて亡くなってしまう悲劇が起きたのは、折悪しく、美恵子の最初の子供が生まれて、兄さんが命名した直後のことでした。昨年の死産に続く悲劇でした。

その後、千萬子と清一の仲は決定的に悪化したようです。清一は出張と称して、始終九州に行っていました。彼《か》の地に千萬子以外の女がいるのは、火を見るよりも明らかでしたが、清一は出張と言い張ってボロを出しません。

たった一人でのゆりを育てていた千萬子にとって、精神的支柱は兄さんだけになったのだと思われます。二人の間の書簡は、ますます頻繁に飛び交うことになったのでした。

そして、兄さんは『瘋癲《ふうてん》老人日記』を書き始めます。誰が見ても、谷崎潤一郎の新境地でした。その新境地を兄さんに開かせたのは、千萬子だったのです。

4

昭和三十六年、十一月終わりの比較的暖かい日のことでした。外出のために、新しい足袋を履きかけていた私は、松子姉に呼ばれました。

「重ちゃん、ちょっと来てや」

私は急いでこはぜを留め、松子姉が手招きする寝室にそそくさと移動しました。きっとあのことだと、ぴんときたからです。

「何や、姉ちゃん」

私は午後から、四月に子供を産んだ美恵子の様子を見に上京するつもりでしたから、やや急いでいました。

厳選して美恵子に付けてやった女中、ヨッちゃんの話では、美恵子はまだ子育てに自信がないらしく、赤ん坊と一緒に泣いていることもしばしばある、ということでしたので、心配になったのです。夫の梅津秀夫は地方公演に出ているとのことでしたから、いい折でした。

ついでに、イギリス製の毛糸や、兄さんの好物のジャーマンベーカリー製のソーセージやハムなど、熱海では手に入らない物を買って帰るつもりでした。東京での買い物は、主に私の役目になっていたのです。

松子姉は母親ですから、美恵子のことは気にはなっていたと思います。が、何しろ兄さんが軽微とはいえ心臓発作を起こしたり、右手の疼痛が治らなかったりと、健康面に不安があるものですから、その世話に追われていました。

松子姉はちらりと台所の方を窺って、近くに女中がいないのを確かめてから、帯に挟んだ白い封筒を取り出しました。

「これ、読んでみて」

千萬子からの速達でした。「後の潺湲亭」でも熱海でも、兄さんの書斎に入れるのは松子姉ただ一人と決まっていましたが、掃除には女中たちが出入りします。

松子姉と私は、女中が運んできたゴミ箱の中から、書き損じの手紙を見付けて読むこともありましたし、最近では、兄さんの留守中に、こっそり千萬子の手紙を持ち出して読むこともしていました。

兄さんに来た手紙を読むなど、はしたないと言えば確かにそうです。しかし、『夢の浮橋』を読んで以来、浮橋を渡ってあちら側に行ってしまった兄さんを、何とか繋ぎ止めたい、黒い百足を退治したい一心だったのです。

「どれ、見せて」

私は老眼鏡を掛けてから、手紙を読みました。私も五十歳を過ぎてから、急に目が悪くなっていました。

手紙には、近況報告に加えて読書の感想、そして兄さんの仕事に関する意見などが書いてありましたが、そこはかとなく寂しさを感じさせる文面でした。

昨年の死産と、今年せっかく生まれた子が十日で亡くなってしまったことなどが重なって、清一との仲がぎくしゃくしていたせいかと思われます。

日は二十九日　第一富士十一号車東京着二時二十分、あたみは一時十一分にとまりますが直行します、すぐ翌日三十日　東京発午後七時の汽車でかへります、

その文章に目が留まった私は、はっとして松子姉の顔を見ました。

「そうなんや」と、松子姉。「あの人は昨日、東京で打ち合わせがあるとか言うて、中央公論社の佐々木さんを呼んで出かけたけど、本当は千萬ちゃんと示し合わせて出かけはっ

たんやね」

「そや。確か、富士十一号で行くて言うてはった」

兄さんは昨日、わざわざ東京から編集者を呼び出して、一泊の予定で一緒に上京したのです。松子姉が付いて行くところを、今回は一泊だから大丈夫だと、一人で出かけたのでした。たった一日違いなので、東京まで私がお供しましょうか、と兄さんに申し出たのに、「中央公論の佐々木が来るから、ようござんす」と断られたのでした。

「そやけど、千萬ちゃんも妹さんと一緒みたいやし、ご飯でもご馳走しただけやないのん」

私は松子姉を慰めましたが、松子姉はおかんむりでした。

「けどなあ、そのくらいうちに言うたかてええやないの。水臭い」

「そやなあ」と、相槌を打つ他ありません。「ところで、兄さんは、今日帰らはるんやろ。なら、何時頃のお帰りやろか?」

私もそろそろ出なければならない時刻だと思いながら、柱時計を見上げました。

「さあな。電話があって、夕飯はこちらで食べるて言うてはったけどね。何時に帰らはるかはわからへんねん」

松子姉は浮かない顔で答えました。

「千萬ちゃんのことやから、またお小遣いもろうてはるんやろうね。あの颯子《さっこ》みたいに」

『瘋癲老人日記』の連載が、ちょうど『中央公論』で始まったばかりでしたので、私は早速読んでいたのです。老人が若い嫁に夢中になる話で、まるで現実そのものだったので、私は松子姉の心境を思って、はらはらしていたのでした。

「それに千萬ちゃんは編集者気取りやさかい、会うたら会うたで、あれこれ口を出すんやろね」

松子姉の口調には、珍しく棘がありました。

「千萬ちゃんは賢いさかいな」と私。

「そやから、ええ気になってるんや」

松子姉は苦々しい表情をした後、手紙を帯の間に戻しました。

「そやけど、兄さんも無防備に手紙を置いてはるね。前は文箱に入れたり、金庫に仕舞《しも》うたりしてはったのに」

私が千萬子の手紙を指差して言いますと、松子姉が首を振りました。

「無防備やないの。あの人は、私らに読ませようと思て、置いてはるねん」

「それ、ほんま？　姉ちゃん」

私は驚きましたが、兄さんならやりかねない、と思ったのも事実です。

千萬子との速達での文通が長く続いて数年経ちました。今や、私たちばかりか、女中たちまでが、気を揉んで暮らしていました。何が書いてあるのか、誰もが知りたくて堪らないのです。

もちろん、兄さんには、私たちの嫉妬や焦りなど、手に取るようにわかっているのでしょう。最初の頃は、手紙を読まれることを嫌がっていましたが、次第に私たちの反応を楽しむようになっていったのだと思われます。

「最近は、堂々とその辺に投げ出してあるねん。女中らかて誰かて、ちょっと立ち読みするのぐらい簡単なんや」

「兄さんも少し変わってきはったんやない？　そやかて、前は何を書いてはるの、と聞くだけで不機嫌やった」

「あの人は、今度の小説を書き始めてから、うちらが千萬ちゃんに嫉妬するのを楽しんでるねん」

松子姉が肩を竦《すく》めて言いました。

「せやかて、兄さんは姉ちゃんが一番大事で好きに決まってるやろ」

「わからんで。今のあの人は、本物の瘋癲老人になろうとしてるんや。熱に浮かされる自分を演じているうちに、その気になってるねん」

「怖ろしなあ」

私は思わず本音を呟いていました。本当に、作家という人々は書くことによって現実を捻《ね》じ曲《ま》げようとしているようで怖ろしい、と思ったのです。

いいえ、作家というよりも、この場合は兄さんという男が怖ろしい、と言い直した方がいいのかもしれません。権力を持った男は、何でもできるのだと思いました。

兄さんは、私たち「二人の妻」と、大勢の女中たちにかしずかれて、いい気になって暮らすうちに、女たちの感情を弄《もてあそ》ぶ横暴な主人になったのです。

「姉ちゃん、このまま放っといたら、あたしらが泣きを見るかもしれへんよ。何もかも千萬子に取られてしもうたら、どないしようもない。ここは策を講じんといかんな。どうしたらええやろ」

私は松子姉の目を見て言いました。松子姉は何も言わずに、軽く頷いてみせました。当然のことや、と言ったように聞こえました。

松子姉と私は、四姉妹の中でもとりわけ仲がいい、と何度も申しました。

松子姉は、私の母親のような存在です。美しくて賢く、女としての実績を誇り、常に私の一歩先を行く、完璧な姉でした。そして、大恋愛の末に結ばれたのは、大作家の兄さん。

昔の私は、兄さんと松子姉の言いなりになっていたと言っても、過言ではありませんでした。私にとって、彼らの指示は絶対的なものだったのです。

ところが、兄さんが千萬子に心を奪われて以来、仕事の決めごとから何から二人で相談して決め、松子姉や私には、何の相談もなくなってしまいました。果ては、時代遅れのバアサン呼ばわり。

そのため、松子姉と私は、千萬子の排斥という目標に向かって共闘せざるを得なくなったのです。それ故に、松子姉は何でも話せる、完璧に対等な相棒となっていきました。

いいえ、どちらかと言うと、私の方が松子姉の参謀役になって、何ごとも決めていたのでした。理由は、松子姉より私の方が、より千萬子を気に入らなかったからでしょう。

千萬子は若さ故か、その性格の故か、何ごとにもはっきりしていました。

私がアルコールに溺れていると勝手に判断して、家中の酒を隠してしまったり、私に向かって「お義母様は、『細雪』の主人公のモデルということが生き甲斐なんですよね」と言い放ったりする。田邊の家名を残そうとした私に、「華族様って、そんなにお偉いんですか」と、厭味を言ったこともありました。

私は、自分が狭量な人間だなどと、考えたことはありません。でも、世代が違うというのでしょうか。どうしても千萬子には、相容れないものを感じるのです。それは、あちらも同様なのでしょう。

私は、兄さんに一度は「好きです」と打ち明けられ、正直、舞い上がったこともありました。今になってみれば、すべては松子姉と対になってのことでした。松子姉があっての、私の価値だったのです。

しかし、私が兄さんの芸術的感興を刺激し、新しい時代を築いたこともあった。それを、『細雪』の主人公のモデルということが生き甲斐」などと揶揄されては、兄さんにも失礼というものではありませんか。

私が千萬子と合わないのは、彼女に、松子姉や私に対する尊敬の念が欠けているからなのです。

5

私は午前中の「富士」で東京に向かいました。今頃、兄さんと千萬子は何ごとか密談をしているのだろうか、と思うと胸が騒ぎましたが、どこで会っているのか知る由もなく、美恵子の代々木の家に向かったのでした。

美恵子の家はアパートメントと称する、鉄筋コンクリートのビルのような建物の中にあります。最初は何と味気ないと思いましたが、パリやニューヨークの一流アパートというのは同じような造りでとても高い、と聞いて納得しました。

「田邊の奥様、いらっしゃいませ。ご無沙汰しております」

美恵子の部屋を訪れると、女中のヨッちゃんが迎えに出ました。このアパートメントは女中部屋がないので、玄関脇の四畳半をヨッちゃんの居室にしているとのことです。一人部屋で伸び伸びしているせいか、熱海にいた時よりも、落ち着いて見えます。

「ヨッちゃん、ご苦労様やね」

「重子姉ちゃん、こんにちは」

奥から、美恵子が七カ月になる赤ん坊を抱いて現れました。赤ん坊は男の子で、兄さんが「柊男《しゅうお》」と命名しました。その子が生まれたのとほぼ同じ時に、千萬子は出産したばかりの子を失うという悲劇があったのです。あれほど千萬子と比較されて苦しんだ美恵子は今、幸せそうでした。

「こんにちは。今日は泊めて貰うわね」

「もちろんや。今日、清ちゃんも出張で東京に来てるから、うちに寄るって言うてたわ。

柊男を見に来るて」

何と、清一が上京しているというのです。妻の千萬子はそれを知らないで、兄さんと会っている。だったら、清一に千萬子とどうなっているのか聞いてみようと思いました。清一は出張ばかりでほとんど家にいませんから、なかなかつかまえることができないのです。千載一遇のチャンスかもしれません。

その夜、ヨッちゃんと二人で、刺身や牛肉サラダなどの夕飯を整えて待っていると、清一がやって来ました。私が田邊と東京で新婚生活を送っていた時、清一は祐天寺の家から大学に通っていましたから、私とは仲がいいのです。

「あれ、お義母さん、こっちに来てたの」

清一は私を認めて、嬉しそうに笑いました。陽に灼《や》けて少し太り、健康そうに見えました。年々、小津清之介にそっくりになって、私にとっては懐かしい風貌です。

美恵子が子供を寝かしつけに寝室に行った隙を見て、私は小声で清一に聞いてみました。私は、松子姉に代わって清一と美恵子の世話をしてきたので、清一には何でも聞けるし、誰よりも話しやすいのでした。

「清ちゃん、あんた、千萬ちゃんとはどうなん？」

「どうなんって？」

清一はとぼけて煙草に火を点けました。ライターをくるりと回すところなど、清之介の気障な仕種を真似たかのようにそっくりでした。

「清ちゃんは、いつも家にいやへんって聞いてるけど、大丈夫なの？」

清一は私の率直な質問には答えず、私のコップにビールを注ぎました。

「お義母さん、白葡萄酒やなくてええのん？」

女の好みを知悉《ちしつ》していて、さりげなくサービスするところも、清一は清之介によく似ています。千萬子も、清一のスマートさに惹かれたのだろうかと、私は清一の陽に灼けた顔を見つめました。えらが張って、大きな目をした男らしい顔。清一は、小津の血を色濃く受け継いでいました。兄さんは、清一の顔や性質が清之介を思い起こさせるので、気に入らないのでしょう。

「田邊の奥様、白葡萄酒をお持ちしましょうか？」

ハムと冷やしメロン、キャビアなどを運んで来たヨッちゃんが、清一の言葉を耳に挟んだらしく、私に尋ねました。

「ええよ、最初はビールで」

「葡萄酒は、この近くでいくらでもええのが手に入るやろ」と、清一。

「さすが東京や。何でもあるねんな。代々木は特に便利やね。美恵ちゃんは、ええとこに住んではる。あたしが祐天寺にいた時は戦時中やったもんな。今やったら、どんなに楽しく暮らせたかしれへんね」

「せやな。熱海なんか、不便なんやから、お義母さんも美恵子のそばで暮らすとええよ。毎日、歌舞伎見物はできるし、楽しいやろ」

「そんな遊んでばかりもいられへん。いろいろ問題があるさかいな」

私は、松子姉の寄せられた眉根を思い出して、溜息を吐きました。

人生は思うようにいきません。田邊が亡くなって兄さんの家に身を寄せた私は、これから兄さん夫婦を支えて生きていこうと思ったのに、邪魔者と闘わねばならないのです。

清一はあまり話したくないらしく、渋面を作って一気にビールを呷りました。手酌でビールを注ぎ足しているので、私は遂に切り出しました。

「清ちゃん。さっきの話や。今日ははっきり聞くけど、あんたは千萬ちゃんとのゆりちゃんを家に置いて、しょっちゅう旅行ばかりしてるそうやないの」

清一が、心外だという表情になり、急に標準語で言い返しました。

「お義母さん、旅行じゃない、出張ですよ。家を空《あ》けるなと言われても、仕事なんだから致し方ないんです」

「そやけど、家族を放ったらかしたら、あかんのやない？　千萬ちゃんものゆりちゃんも、寂しがってるやろ」

清一は、むっとしたようでした。

「そんなこと、いったい誰に聞いたんですか?」

「兄さんや。兄さんが、『清一は旅行ばかりして、家を空けているらしいね。女だけの所帯じゃ不用心だから、どうしたもんだろうか』と心配して言わはったんや。何て答えたらええやろ、と返事に窮してしもうて、姉ちゃんも困った顔してはった。あんまりこういうことは言いとうないんやけど、あんたらはうちの養子やさかい、苦言を呈するんは、姉ちゃんやのうて、あたしの役目やないかと思て、言うてるのんよ」

「なるほど」清一が煙草を燻《くゆ》らしながら、苦笑いをしました。煙が目に沁みたらしく、顰め面をしています。「伯父さん経由ですか。まずいなあ」

「何がまずいのん?」

「どうせ、その情報の出所は千萬子でしょう。千萬子が手紙かなんかで、伯父さんに訴えたんだと思いますよ。それで伯父さんが怒った。そういうことでしょ?」

私は口にはせずに、黙って頷きました。やはり、そうか、という顔で、清一が何度も頷きました。

「そんなことだろう、と思いましたよ。千萬子のやつ、伯父さんとの文通が生き甲斐になっているんです。いつも、寝室でこそこそ手紙を書いているから、『いったい何を書いているんだ、僕の悪口じゃないの？』と、ふざけて覗き込んだことがあるんだ。すると、書いているものを手で隠して、『清ちゃんには縁のない、文学の話や』と言われた。『そうか、文学の話じゃ、確かに俺は話に入れへんな』と言ったら、『清ちゃんは心がここにないんやから、どんな話にも入れへんやろ』と言い返された」

清一は大きな目をぎろりと動かして、中空を睨みました。

「ずいぶんな言い方やなあ。ほんまに千萬ちゃんはきついわ。はっきり言わはるね」私は身を乗り出しました。「そやけどなあ、清ちゃん。あんたもしっかりしてちょうだい。万が一、離婚なんていうことになったら、誰が千萬ちゃん親子を食べさすのん？」

「さあ、山伏か、千萬子が自分で何とかやるんじゃないですか。有能な女だと思いますから」

清一が他人事のように言うので、私は堪忍袋の緒が切れそうでした。

「そんな甘いもんやないよ、清ちゃん。子供を抱えた女が一人で、どうやって生きていくねん。誰かが助けへんかったら、食べていけへんよ。実家かて、いつまでも後ろ盾にはなられへん。それは、あんたのお母さんのことを思い出すとええよ。清之介さんがぶったり蹴ったりするさかい、家にいられへんようになった姉ちゃんは、あんたと美恵ちゃんを連れて、家を出たんやったやろう？　あんな海辺の廃屋みたいなところに住むしかのうて、惨めやったやない。あんた、覚えてへんの？」

　清一が目を閉じて頷いた。

「覚えてますよ、よう覚えてます」

　ヨッちゃんが気を利かせて、白葡萄酒とグラスをふたつ持って来ました。

「おおきに、ヨッちゃん」

　冷えた白葡萄酒は、私の大好物です。千萬子も、松子姉や兄さんもいない。そして梅津が留守をしている美恵子の家は、気兼ねが要らなくて天国のようでした。

　私が自分の家を持って自由に暮らしたのは、戦時中の祐天寺の家だけでした。その時一緒だったのは、ここにいる清一と亡くなった田邊。

　一人身になった女がどうやって暮らしていくのか。自由に生きている男には、生涯わからないことでしょう。

「お義母さん、どうぞ」

　清一が白葡萄酒をグラスに注いでくれたので、私は遠慮なく頂きました。清一は熱燗に切り替えて、刺身を肴に酒を飲んでいます。私たちは、しばらく黙ってそれぞれ好きな酒を飲んでいました。

新たに熱燗の徳利を運んで来たヨッちゃんに、「美恵子はどうしたのん？」と聞いてみると、「赤ちゃんと一緒に眠っておられるようです」との返事でした。

「ほな、起こさんでええから、寝かせといて」

「慣れないことして、疲れてんのやな」と清一。

私たちは顔を見合わせて微笑みました。

「あの子も三十過ぎてからの結婚やったもんなあ」

「しかし、結婚できてよかった」

「ほんまや」

ひそひそとそんな話をしているうちに、清一もようやく腹のうちを明かすつもりになったのでしょう。息をひとつ吐いてから、台所に聞こえないように小声で言いました。

「お義母さん、正直に言いますねん。僕は九州に好きな女がいてます。千萬子も知ってますから、いずれ別れることになると思うねん。でも、まだのゆりが小さいから、少し先になると思います」

「やっぱりそうなんか、困ったなあ。考えが変わることはないんやろか」

思わず本音が出ました。

「すみません。のゆりのことを考えると可哀相やけど、千萬子とはどうしてもうまが合わないんです」

　清一が項垂れて、小さな声で言いました。

「仕方ないやろ。千萬ちゃんも心が離れてるんやろし」

「そうなんや」清一が微かに頷きました。「伯父さんにとっては、作家の遊びやろけど、千萬子はああ見えても真面目やから、頼ってると思うで」

「けど、あんたに好きな人ができたというのんは、千萬ちゃんのこととは関係ないんやろ？」

　私が責めるように言うと、徳利に酒が入っているかどうか振って確かめていた清一が、はっとした面持ちで私を見ました。

「お義母さん、前より怖うなったな。はっきり言わはる」と、笑いました。「せやなあ、そこは夫婦やから、まったく関係ないとは思えへんな。どっちが先で、どっちが後とか言えへんやろ」

　好き合って結婚した二人を少しずつ変えていったのは、何だったのでしょう。

「やっぱり、あんたら、あたしらと潺湲亭で一緒に暮らさへんかったらよかったなあ」

　私が思わず言うと、清一は遠慮がちに答えました。

「でも、僕も伯父さんと一緒にいることで、ずいぶん恩恵は蒙《こうむ》っとるしな。一概には言えんやろ」

清一はあくまでも公平なのでした。

「ほしたら、清ちゃんは九州に行ってしまうのん？」

「大きな声では言えんけど、そのつもりや。九州はええところや。酒も魚も旨い。僕らから見たら、東京は東で文化が違うけど、九州は西やから、何や親近感があるねん」

「そやろか」

「伯父さんから見たら、田舎に感じるかもしれんな」

「兄さんは、大作家にならはったもんなあ」

私たちはまた黙り込んで、互いの好きな酒を飲みました。私は、清一は谷崎家から一人、離れていこうとしているのだ、と感じて寂しくてなりませんでした。

兄さんは本当に大きな心で、誰にもよくしてくれました。清一にも美恵子にも、家を与え食べさせ、暖かな服を買ってくれて教育費を出し、贅沢に育ててくれました。でも、兄さんは、王国には必要ないと思った人間には、根本のところで冷酷です。

清之介の長男、清一は、最初から押し出されていました。さらに妻の心を奪われて、とうとうこの王国を自ら出て行こうとしているのです。

最近の兄さんは、女中の選り好みも激しくなりました。せっかく来てくれた娘さんを、声が気に入らない、手がかさがさで気に入らない、なよなよした仕種が気に入らない、変な咳をするので気に入らない、などと理由を付けては、「明日から来なくてよござんす」と、自らクビを宣告することが始終あったのです。

「最近、伯父さんの具合はどないですか？　心臓発作を起こされたそうやないですか？」

清一が心配そうに眉根を寄せて聞きました。おや、松子姉にも似ている、と私は清一の顔を凝視しながら答えました。

「そうやねん。あんまり、ようないねん。右手は相変わらず痺れたままで痛いんやて。そやから、今は口述筆記で仕事してはる。それもいろいろ代わられてな。今はまた矢吹さんや」

「なのに、千萬子への手紙は自分で書いてはるって？」

清一が混ぜっ返したので、私も思わず笑ってしまいました。

「そうなんや。痛い手を我慢して書いてはるねんから、よっぽど人に見られとうないこと書いてるんやろなあて、姉ちゃんと笑うてたんや」

「しかしなあ」清一が、酒をぐいぐい飲みながら言いました。「毎日速達で来るんだから、凄いよって、近所でも有名なんや。谷崎先生が毎日、あそこの奥さんに速達でラブレターくれはるよって」

清一が苦笑しながら言います。

「ほんなら、千萬ちゃんも暮らしにくいやろな」

「そやから、引っ越しを考えてるんや。北白川仕伏町も家が建て込んできてるやろ。前の景色と全然違う。そう言うたら、伯父さんが乗り出してきたんや。自分も京都に住みたいから、必ず東山側、北は修学院、南は南禅寺まで、という条件を出してきたんや。千萬子は家を建てる考えに夢中になってんねんけど、どこにそんな金があるんやろうと不思議や」

私ははっとしました。兄さんは、千萬子の新しい家にお金を出す気でいるのだと、気が付いたのです。

「兄さんは、仕事部屋を京都に建てるて、言うてはるのん？」

「そうらしいよ。僕らの、いや、千萬子の家に作るつもりなんやないか」

「また建築熱が起きてはるな」

私は嘆息しました。兄さんが家を建てるたびに、蓄えが底を尽きます。思い通りの家を建てるのは、人生における最高の贅沢ですが、兄さんは年がら年中、新しい家を建てたくて仕方がないのです。

どんなに気に入った家にいても、数年経てば、不満が出てくる。ここが気に入らない、ここをこうすればよかった、と新しい家への憧れを口にするのです。兄さんにとって、家は女の人と同じなのです。どんな家も女も馴染めば新鮮味はなくなる。そうなると、退屈で仕方がない。これは、兄さんの病かもしれません。

それに、千萬子とのゆりが誰よりも可愛いのはわかりますが、清一と離婚後の千萬子親子に家を建てて、生活の面倒を見てやるつもりなら、それは兄さんの年齢から言って、無理ではないでしょうか。

私の心には、常に松子姉への心配があります。兄さんの財産は、兄さんの能力で作られたものですが、松子姉の尽力があればこそです。兄さんの年齢を考えれば、無駄な出費は抑えて、節約に励むべきです。でないと、兄さんの蓄えはあっという間に底を突き、兄さんと十七歳違いの松子姉の老後資金はなくなってしまうでしょう。

印税がおありになるから大丈夫でしょう、と仰る方もいらっしゃいますが、いつまで本が売れるのかはわかりません。時代が変われば、人の心も変わります。出版は水物ですから、印税を当てにしてはならないのです。戦時中、『細雪』が奢侈だと言われて出版差し止めになった時のことを覚えている私は、勢い慎重になってしまうのでした。

「田邊の財産はほとんどないも同然やけど、あんたが離婚したら、全部のゆりちゃんのものになるんやで。そこは覚悟してるんやろ」

「お義母さん、もう一家離散みたいなものや」

清一はかなり酔ったのか、赤い顔をして言いました。清一は私たちから離れていくつもりだから気楽なのだ、と内心思いましたが、もちろん黙っていました。心の中は、寂しくて堪りませんでした。

6

怖ろしいことですが、松子姉と私は、千萬子の手紙を盗み読むことに、何の痛痒《つうよう》も感じなくなっていきました。兄さんが何と書いたかは、手紙の反古を拾って読むことくらいしかできませんので、千萬子の手紙から類推するしかなく、その作業は案外面白いものでもあったのです。

手紙を読む限り、千萬子は賢くて、決して一線を越えようとはしませんでした。むしろ、兄さんの方が、時には舞い上がったり、挑発したりしているようにも見受けられました。千萬子は、兄さんの投げるボールを受け止めては、うまく変化球で返している。そんな印象だったのです。若いのに何と賢い女だろう、と感心するとともに、でも、絶対に負けないと決意を新たにしたことでした。

しかし、何と言っても気になったのは、やはり千萬子の家庭が崩壊しかかっていることでした。

清一がいずれ離婚するかもしれない、と私に告げた話を、私はすぐに松子姉に報告しましたが、松子姉の危惧も、私と同じものでした。

清一の意志はおそらく変わらないだろうから、兄さんが千萬子の家計を助けるようなことだけは、最小限に食い止めよう、と。

清一は松子姉の実の息子ですが、その嫁を兄さんが助けるのは、どう考えてもお門違いです。しかも孫にかかる費用はともかくとしても、兄さんは何かと、千萬子に贅沢をさせてやろうとするのです。

お小遣いやスキーの費用だけならまだしも、ミンクのコートや宝石類を買ってやろうとしたこともありました。こっそり友人の沼沢さんのご子息の奥様に頼んで、千萬子用のバッグや服なども、選んで送って貰っていたようなのです。私たちは常に二人を監視し、少しでも高額な出費があれば、食い止める必要がありました。

「姉ちゃんは、泰然としていればええのんよ」

汚れ役はすべて引き受けようと、私は松子姉は何も気付かないふりをしているように、要請しました。

それは、松子姉の懊悩《おうのう》や焦燥の方が、私より遥かに深かったからです。もちろん、兄さんの妻だということもありますが、女の実績を積んできた女は、その自信が揺らぐと脆《もろ》く崩れ去るのでした。それは新しい発見でした。

あれは、夏頃のことです。体を動かすのがだんだん辛くなってきた兄さんのために、鳴沢の家の十二畳の座敷を洋間に直しました。体に負担のない、椅子の生活に変えるためです。

その時、龍村の緞子《どんす》を使って、ソファベッドを作ってみたのです。来客があった時は、ベッドにも使える、豪華なソファでした。でも、兄さんは、美恵子が里帰りした時、そのベッドを使わせようとはしませんでした。

せっかく作ったのに、と私は残念に思っていたのですが、兄さんが使わせない理由はわかりませんでした。

秋頃でしたか。私が洋間となった座敷の前を通りかかった時、松子姉がソファベッドに仰向けに横たわっているのを見かけて驚きました。

「姉ちゃん、どないしたん？」

笑いながら尋ねると、松子姉も思わず笑って、こう言うではありませんか。

「このベッド、癪に障るやろ。そやから、あたしが先に寝たろ、思たんや。ああ、ええ気持ち」

どういうことか、と首を傾げますと、松子姉は横たわったまま天井を睨んで言いました。

「あの人は、このベッドを最初に使うのんは千萬ちゃん、と決めてるんや」

そうだったのか。やっと呑み込んだ私が頷くと、松子姉は、あんたは何て鈍いのだろうという風に、呆れ顔で私を見ました。

「この間、美恵子が子供連れて遊びに来たのに、使わせてくれへんかったやろ。あたしが、美恵子たちは洋間に寝かせまひょうかと言うたら、いや、あそこは駄目や、言うてね。それで、ぴんときたわ。ああ、千萬ちゃん用なんやて」

嫉妬する女は、勘もよく働きます。その点でも、私は松子姉には到底敵いませんでした。しかも、松子姉は、役をうまく演じ分けてくれました。そう、まるで女優のように。兄さんの前では、健康を気遣う健気で素直な妻を演じ、千萬子がのゆりを連れて来た時は、優しいバアバを。ですから、暗い嫉妬に身を焼かれそうになる姿など、外見からはまったく感じられませんでした。

その代わり、私が千萬子を監視し、千萬子と兄さんが二人きりにならないよう、ことごとく邪魔をしていたのです。

『中央公論』に連載していた『瘋癲老人日記』が好評裡に完結し、中央公論社から単行本となって出るや、たちまち飛ぶように売れました。『鍵』と同様、棟方志功画伯の板画も迫力満点で、たいそう美しい仕上がりでしたし、これまでタブーとされた老人の性を扱っているということで、世間の関心も高かったのでしょう。

兄さんも、あたかも自分が主人公の「卯木《うつぎ》老人」であるかのようなふりをするのが楽しいらしく、淡路恵子《あわじけいこ》さんとラジオに出演したりして、ご満悦の体でした。

当然のことながら、「颯子」のモデルと言われた千萬子への関心も大いに高まりました。何しろ主人公の「卯木老人」は、嫁の「颯子」の美しい足に惚れ込んで、その足の指をしゃぶらせて貰うシーンがあるのです。


興奮シテハナラナイト自分デ自分ニ云イ聞カセタガ、オカシナコトニ、ソウ思イナガラ、彼女ノ足ヲシャブルコトハ一向ニ止メナカッタ。止メラレナカッタ。イヤ、止メヨウト思エバ思ウホド、マス〳〵気狂イノヨウニナッテシャブッタ。死ヌ、死ヌ、ト思イナガラシャブッタ。恐怖ト、興奮ト、快感トガ、代ル〳〵胸ニ突キ上ゲタ。狭心症ノ発作ニ似タ痛

ミガ激シク胸ヲ窄《し》メツケタ。

滑稽ながらも、もの哀しさを覚える場面です。私はそのシーンを読んだ時、よもや本当ではあるまいな、と不穏な胸騒ぎを覚えたのでした。

もちろん、私たちは作家の妻と、妻の妹ですから、本当にあったことをそのまま書くのが小説だ、などと微塵も思ってはいません。しかし、これだけざわざわと心が騒ぐのは、兄さんの小説が、これまでとまったく違った方向に向かっているからなのでした。

それは、「妖しさ」でした。

私は、「老人の性」とは、かくも妖しいものだったのか、と驚きを覚えたのです。そして、それを忌憚《きたん》なく描ける兄さんは、改めて凄い作家だと感じ入るとともに、その感興を引き起こした千萬子に、激しい羨望を抱いたのです。とっくに、『細雪』の時代は終わっていました。

兄さんは、『瘋癲老人日記』の最後で、「卯木老人」を死なせようと考えていたようです。ところが、連載中に京都ホテルで皆で会った時に、千萬子が矢吹さんにこう言ったのです。

「伯父様は、老人が死んじゃうことにしたいそうだけど、生きていた方が面白いと思うわ。ねえ、そう思いません？」

その時、彼女が何とお答えになられたかは、忘れましたが、私も、「卯木老人」が兄さん自身のように思えてならなかったので、たとえ小説の中とはいえ、死なせるのは嫌でした。兄さんの体調もようやく元に戻ったところでしたから、ゲンが悪いように思われたのです。

それは、松子姉も同様でしたので、二人して声を揃えました。

「ええ、生きている方がええ思いますよ」と。

結果、兄さんは、小説の結末を「卯木老人」が生きていることにしたのですが、この結末が取り沙汰されるたびに、千萬子の手柄のように言われるのでした。それほどまでに、谷崎家の若い嫁、千萬子の発言力が増していると、周囲にも感じさせた一件でした。

千萬子が「谷崎家の嫁」と言われるごとに、私は「田邊家の嫁」と訂正したくて堪りませんでした。が、一向に訂正もされないまま、「颯子」は、谷崎家の若い嫁がモデルだ、と世間に流布されていったようです。

私は、このことで千萬子が増長しているのではないかと心配し、さりげなく注意したことがありました。

熱海富士屋ホテルで開かれた、兄さんの「喜寿の会」の時でした。私はロビーで会った千萬子に話しかけました。

「喜寿の会」は、ちょうど夏の最中に行われましたので、私たちはこの日のために誂えた絽《ろ》の訪問着を着ていました。が、若い千萬子は洋装でした。花柄のスーツ、中に黒い絹のブラウス。

当時はまだ黒を着ることが珍しかったものですから、地味どころか、逆に目立っていました。かように、千萬子の服装は黒を基調にすることが多く、他の女たちとはひと味違う形《なり》をしているのでした。

まだ宴が始まる前で、座敷やロビーで、全員が揃うのを待っている状態でした。のゆりは、藍子さんの娘と一緒に庭に遊びに行ってしまいましたので、千萬子は一人、ロビーのソファに腰掛け、『アサヒグラフ』のグラビアページをめくったりして、何だか退屈そうにしていました。

『瘋癲老人日記』が大評判になりましたので、兄さんの成功を祝して、男の人たちは沸いていましたが、そのインスピレーションの元となった「嫁」には、どう話しかけていいのかわからないのか、少し遠巻きにしていたように思います。

千萬子とうまくいかない様子の清一も、居心地が悪そうにしながら、真面目な顔で沼沢さんのご子息と仕事の話をしていました。

「千萬ちゃん、ちょっとええ？」

千萬子は、私を見て微笑みながら立ち上がりました。

「お義母様、何でしょう」

向かい合った席に腰掛けると、千萬子は『アサヒグラフ』を畳んでそっと脇に置き、居住まいを正しました。

その毅然とした態度には、千萬子が孤独だと思い知らされるような空気があって、私は少し胸が痛くなりました。

敵対している私の胸が、どうして痛んだのか。そのわけはわかりません。ただ、気が強くて贅沢好きな嫁、というだけでは括《くく》れないものを感じたのでした。

でも、私は松子姉を守らねばなりませんから、はっきり言いました。

「たいした話やないんやけど、ちょっと話しとこうか思て」

「はい」

千萬子の細い喉が、緊張したように動いたのがわかりました。

「『瘋癲老人日記』のモデルは、別に千萬ちゃん、というわけやないんやからね」

驚いた風に、千萬子が私の顔を見ました。

「どういうことですか?」

「小説というのんは、その人の外側を借りて、中身は違う人間を書くこともあるし、まったく違う外見にして、ある人間の内面を注ぎ込むこともあるんよ。そやから、モデルになった言われても、そうやない、と否定してちょうだい」

その瞬間、私を見る千萬子の目に、哀れみのようなものが浮かんだ気がして、私はかっと体が熱くなりました。そんな目で見るな、と叫びたくなったのです。千萬子は今、私を軽蔑したのではないか。

千萬子が、咳払いしてから低い声で答えました。

「お義母様、私は自分が『瘋癲老人日記』のモデルだなんて、思ったことはありませんし、言ったこともありません。もし、どなたかに聞いたのでしたら、それは何かの間違いだと思います」

私は傍目を気にして、小さな声で言いました。

「それならええけど、世間の声と自分を合わさんといてほしい、いうことなん」

そう言ってちらりと周囲を窺いました。座敷の床柱を背にして、兄さんが座っており、その横には松子姉。その隣に美恵子と秀夫夫婦が並んで、皆が揃うのを待っています。松子姉がちらりとこちらを見たように思いました。

「私は世間に合わせたことはありませんから、心外ですわ」

千萬子がはっきりした声音で言いました。

「ならええのよ。この話はそれでおしまい」

遅れていた来客がようやく到着した、と連絡があったようです。私は立ち上がろうとしました。すると、千萬子が私を引き留めるのです。

「お義母様、逃げないで」

何と無礼なことを言うのだろう。私は千萬子の目を見ました。千萬子は怒りを感じさせる眼差しで私を見ています。

「どうしてそんなことを仰るのか、よくわかりません。伯父様の作品には、どれもモデルがあると言われていることくらい知っています。おそらく、『瘋癲老人日記』は、私だと言われているのでしょうね。シャワーの場面や、お庭でバーベキューをするところなどは、私の生活からヒントを得られているかもしれません。でも、小説はフィクションです。私は、画家の孫ですから、芸術上のモデルの役回りはよく存じていますのよ。お義母様、どうぞご心配なさいませんよう。私は間違っても、自分からモデルだ、なんて言いませんから」

千萬子がきっぱり言ってから、座敷の方に目を遣り、さらに言いました。

「伯母様もご心配なさっているのかもしれませんね。でも、どうぞ誤解なさいませんよう、お伝え頂ければと思います」

そう言って、千萬子は立ち上がって礼をしました。顔を上げた千萬子がはっとしたような表情をしたので、その視線の先を追うと、兄さんが燃えるような目で千萬子を見ていました。その眼差しは、十七年前、西山で私を見つめた眼差しと同じでした。あの時、私も千萬子と同じように兄さんに愛されていたのです。しかし、兄さんの愛情は何と移ろいやすいのでしょう。私は目を背けました。

7

昭和三十八年一月、兄さんは、『瘋癲老人日記』で、昭和三十七年度毎日芸術大賞を受賞しました。『瘋癲老人日記』の成功は、連載中の反響も大きかったので、十分に予想されたことでありました。

老人の性というタブー視されてきたテーマを扱った、ということもありますが、私は、現実の谷崎潤一郎と、その若き「嫁」との交流が、果たして小説のようなものなのか、と誰もが興味を持ったせいではないかとも思うのです。

兄さんは、巷《ちまた》の好奇心に応えるかのように、ますます千萬子への執心を隠さなくなりました。自分の書いた小説に毒されたように、いや、その道を辿るかのように、現実を、小説に近付けていったのです。

私は、兄さんがあたかも卯木老人であるかのように振る舞っているうちに、千萬子と颯子の区別がつかなくなって、夢中になっていったのではないかと思うことさえあります。それほどまでに、この頃の兄さんには、虚実ないまぜになった妖しさが漂っていたのです。

そして、兄さんは、千萬子の存在が、自分の創作の源泉であることを公言し始めます。もちろん、それは二人の距離が、より近しくなることを意味しますから、前にも増して、手紙の往来は激しくなりました。

朝に千萬子宛の速達を出して、昼に千萬子から受け取り、その返事を夕方に出す。すると、前日の手紙に対する、千萬子の返信が夜に速達で届く、という有様でした。そのため、女中たちは、しょっちゅう郵便局に駆け付けねばなりません。

そのうち、自分たちと同じ年頃の千萬子に対して、女中たちの不満や嫉妬の念が噴出し始めたのです。兄さんが、『瘋癲老人日記』の次に、彼女たちをモデルにした、『台所太平記』という作品を書いていたせいもありましょう。

千萬子からの手紙を運び、千萬子宛の手紙を出しに行かされる女中たちの顔には、自分たちだって小説のモデルになっているのに、どうしてこんなに扱いが違うのか、という憤懣が露わになっているようでした。松子姉、私、そして六、七人はいる女中たち。谷崎家の女という女が、千萬子に反感を持ったのです。

そんなある日、器量がいい上に機転が利くというので、兄さんに気に入られ、時折、口述筆記も手伝わされているマサという若い女中が、私にわざわざ言いに来ました。

マサは、千萬子より年下の二十五歳でしたでしょうか。癇《かん》の強そうな上がり目をして、鼻が少し上を向いた可愛い顔をしていました。兄さんは、マサの顔も性格もはっきりしていて小気味いいと言って、書斎での仕事もよく手伝わせていたのです。

マサは、「田邊の奥様。差し出がましいことを聞いてもいいでしょうか?」と、断った上で、こんなことを言うのでした。

「先生は、若奥様にいったいどんなことを書いているんでしょうか。先生は、あんなに手が痛い、朝から痺れて氷に浸かっているみたいだ、と愚痴ばかりこぼして、いつもご機嫌が悪いのに、若奥様への手紙だけは、全部自分で書きます。だったら、私の書いた物に、誤字が多いだの、おまえはこんな漢字も知らないでよく生きてきたね、などと厭味ばかり言わないで、自分で書いたらいいいんじゃないですか」

兄さんは、理不尽な理由を付けては、気に入らない女中を手ずからクビにして、暴君の側面を余すところなく見せています。だから、彼女たちは兄さんを怖れると同時に、千萬子との待遇の差に怒っているのでした。

以前の兄さんは、気に入った女中は、散歩に連れ出してアクセサリーを買ってやったりしていましたが、この頃は、体調の悪いこともあって、気難しいことこの上なかったのです。

「千萬ちゃんは、先生の仕事を手伝うてるさかい、仕方ないやろ」

私が適当な返事をしますと、マサは憤然と唇を尖らせました。

「奥様、本気でそんなこと思ってるんですか？」

さすがに、「まさか、思うてへんわよ」とは言えずに黙っていると、マサは呆れ顔で言いました。

「田邊の奥様。あれは、色ボケ爺ですよ」

「あんた、『あれは』なんて、何てことを言うのん。それに『色ボケ』だなんて。奥様が聞いたら、腰抜かすで」

「本当のことです。みんな言ってます」

私が叱責しても、マサは謝る気もないらしく、しれっとしています。東京の下町出身のマサは、その気の強さが、兄さんに気に入られているので、一向に直す気配はないのです。

「そやかて。そんな身も蓋もない言い方しんといてちょうだい。ここは、文豪の谷崎潤一郎先生のおうちなんやさかいな」

私が少し嫌な顔をしますと、マサはぺこりと頭を下げました。

「すみません、下品なことを言いまして。でもね、田邊の奥様。私、いつも郵便局に行く時に、こうやって透かして見てるんです」

マサは、封筒を光に透かしました。

「先生は、若奥様宛の封筒に、こっそり現金や小切手を入れてるんですよ。それも、最近は三、四回に一回くらいです。いや、もっとかもしれません。前より頻繁になったねって、みんなで言ってます」

マサは、女中部屋で話題になっていると、つい口を滑らせました。私が諌めようとすると、マサはそれを遮って、二本の指で厚さを示すのです。

「この間なんか、こんな分厚い札束でした。私は思わず、現金書留にしなくていいんですか、と先生に言いたくなったほどです」

兄さんが、千萬子に送金しているのは知っていました。大きな声では言えませんが、私と松子姉は、千萬子の手紙をすべて読んでいたからです。最近は事態を憂えるあまり、必ずや目を通すようにしていました。

千萬子の文面は、最近、とみに無心が多くなっていました。もともと贅沢に育ったところに、兄さんが面白がっていろいろな物を買ってやるのだから、調子に乗っているのでした。いえ、もしかすると、千萬子のおねだりは、二人の間のゲームのようなものだったのかもしれません。

アノラックが欲しいだの、メタルスキーが今一番新しいだの、スパングルの付いた室内履きが欲しいだのと言えば、兄さんは、ほう、そんな物があるのか、と喜んで買い与えるからです。千萬子は、兄さんの知らない洒落た輸入品や、最新流行の品を選んで、書いて寄越していましたから。

松子姉も私も着物しか着ませんから、反物の良し悪しや帯の価値はわかっても、千萬子のねだる品物は、まったく知らない物ばかり。着物に比べれば、値段も張らない品だったとは思いますが、私たちからしてみれば、年を取ったバアサンと思い知らされるようで、気持ちを逆撫でされるようなことだったのです。

しかし、若い千萬子の欲しがる品物ならば、高が知れています。別にどうということはありません。問題は、現金の無心でした。

千萬子は、「こんなこと恥ずかしくて、言えた義理ではありませんが」と前置きしながらも、犬舎の代金だの、スキー旅行に行く金だのを、五万、七万と請求してくるのです。

果ては、生活費として決まった額を毎月送ってくれないか、と書いてあったこともありました。兄さんは優しい人ですから、千萬子に頼まれれば、必ずや、その通りにしていたようです。

清一は大手の建設会社に勤めていましたが、千萬子の贅沢を支えられるほどの収入はありません。また、私が聞いたように、九州に誰か好きな人がいるのならば、二重生活も同然。京都での生活費が足りなくなることは、容易に想像ができるのでした。

私は、マサに釘を刺しました。

「マサちゃん。そのことやけど、この家の中だけにしておいてや。外の人に言わんといてな。矢吹さんや、中央公論社の人たちにも言うたらあかんよ」

兄さんが千萬子に金を渡していることまで、女中たちに知られていたのかと、内心愕然としていたからです。

マサは、「はい」と頷いたものの、不満そうでした。

「田邊の奥様。こんなこと言ってあれですけど、若奥様って、図々しくないですか?」

「図々しい? 例えば、どんなことや。言うてごらん」

「この際だから、洗いざらい言っちゃいますけど。若奥様はこちらにいらした時、いつも廊下にある書棚から、勝手に本を盗んで行ってますよ」

盗んで行くとは、これまた人聞きの悪いことを言うものだ、と私は驚きましたが、同時に腹を立てたのも事実です。

千萬子が、誰よりも読書好きであることは周知の事実ですが、廊下の書棚には、兄さんの大事な本が置いてあります。それも、川端康成先生や三島由紀夫先生、伊藤整先生からの、貴重な献本が揃っているのです。

「それはほんまなん?」

「本当です。手当たり次第じゃなくて、好きな作家先生のをごそっと抜き取っていきます。この間来た時は、三島先生のを盗《と》って行きました」

私は「盗る」という言葉に反応しました。

「それはえらいことやな。教えてくれて、おおきに。他に何ぞ気付いたことがあったら、遠慮せんとあたしに言うてちょうだい」

「はい、わかりました」

マサを見送った後、私は松子姉を捜しに座敷に向かいました。松子姉は、着物を吟味している最中でした。大好きな紫色の訪問着を広げ、龍村の帯と合わせているところでした。

「あら、重ちゃん。毎日の授賞式に着て行こうと思てるのん。どれがええと思う?」

「これがええんとちゃう」

私は、臙脂の地に万年青《おもと》が刺繍されている刺繍帯を指しました。

「やっぱりな」

松子姉は、人に聞くまでもなく、とうに自分で決めていたのでしょう。満足げに頷きました。

「そやけどな、万年青という意匠がどうやろか」

「変わってて、ええやないの」

私が気乗り薄なので、松子姉はおや？　というように首を傾げました。

「それより、姉ちゃん、これ聞いた？　千萬ちゃんが書棚の本を盗んでる、いう話」

「知らんわ」

松子姉は驚いた顔でかぶりを振りました。

「勝手に、好きな本抜いていってるみたいなんや」

「そんな泥棒猫みたいなことしはって。いややわ」

松子姉は、感情を剝き出しにして怒りました。

「こないだみたいに、注意しとこか？」

私は、前年の夏に熱海富士屋ホテルで千萬子に注意した時のことを思い出して言いました。

「ええよ、もう。本の一冊や二冊。どないなことはあらへん」と、松子姉は気のない顔をしました。「そんなことより、千萬ちゃんらは、京都に家を建てるつもりなんよ」

「そういうたら、清ちゃんがそんなこと言うてはったな。けど、まだ土地は決まってへんのやろ？　確か条件がきつかったはずや」

私は東京の美恵子の家で、清一と話したことを思い出しながら言いました。清一はこんなことを言っていたのでした。

『北白川仕伏町も家が建て込んできてるやろ。前の景色と全然違う。そう言うたら、伯父さんが乗り出してきたんや。自分も京都に住みたいから、必ず東山側、北は修学院、南は南禅寺まで、という条件を出してきたんや。千萬子は家を建てる考えに夢中になってんねんけど、どこにそんな金があるんやろうと不思議や』

「それが、いい場所があるから、と千萬ちゃんから知らせてきたんや。何でも、年末にはもう手付けを打ったらしいねん」

「知らせてきたんは、清ちゃんやないのん？」

「千萬ちゃんからや、とあの人は言うてた」

ということは、松子姉も、兄さん経由で知らされたのでしょう。私は、北白川仕伏町の環境が変わったからといって、新しい土地を探して家を建てるなど、なかなか実現はしないだろうと踏んでいただけに、驚きました。

「場所はどこやのん？」

「それが、法然院《ほうねんいん》さんが売ってくれはるそうや」

「法然院さんかいな」

私は溜息を吐きました。なぜなら、兄さん夫婦は、法然院に墓所を買ったばかりだったからです。そこには、兄さんの手になる「寂」と「空」の文字を彫った自然石が置かれ、兄さん夫婦と、私たち田邊夫婦が入る予定でした。

「法然院さんの、前の道の北側の坂道を下りた、疎水の道に囲まれた場所なんやて。ええとこやとあの人は喜んではった」

「兄さんが？」

私の表情が怪訝《けげん》そうだったと見えて、松子姉が嘆息混じりに言いました。

「そや、あの人がえらいええとこや、と言うてた。死んでも、のゆりと一緒にいられるから、言うてな」

私はどきりとして、思わず松子姉の顔を見ました。松子姉は微笑んで言いました。

「そんなん嘘やということくらいわかってる。のゆりを透かして、あの人は千萬ちゃんを見てはる。そやから、死んでもそばにいたいのんは、千萬子のとこや」

私は苦笑しました。

「姉ちゃん、考え過ぎや」

「いや、うちにはわかるねん。あの人は、千萬ちゃんの住まいに仕事場を作るいう名目で、お金を出してやるつもりなんやろな。名目ていうのは、もう仕事場を作っても、そこで仕事はできひんいうこともわかってはるんや」

それは私も考えたことでしたが、兄さんが決めたことは誰が何と言おうと覆りません。しかし、この一線を越えたら、松子姉と私の存在価値がなくなる、と私は思ったのでした。一線とは、兄さんの死後も、千萬子が深く関わることを私たちが承認することでした。

8

清一と千萬子が、法然院さんに土地を売って貰って、そこに家を新築するとしたら、北白川仕伏町の土地と家を売ったお金を充てるしかありません。でも、到底足りるような額でないことは確かです。また、家が売れるまでにかかる諸費用を、いったいどうやって工面するつもりなのでしょうか。

仕伏町の家は、田邊家の物ですから清一名義で、やがては、のゆりが受け継ぐことになります。正確に言えば、嫁の千萬子は関係がないのです。

それなのに、千萬子が法然院さんが土地を売るという話を聞き込んできて、どんどん話を進め、私の意見など一切聞かずに買うことを決めてしまったのです。私も松子姉も驚き、大いに気分を害したのでした。

もちろん、その決定に兄さんが関わっているのは明らかですが、妻である松子姉が一人蚊帳《かや》の外では、谷崎潤一郎夫人としても、一家の主婦としても、立場がありません。大いに面目を潰された上に、松子姉が気を揉んだのは、兄さんが、その資金をどれだけ出すつもりなのか、ということでした。兄さんが、千萬子の住まいに仕事場を作る、と言いだしたのは、千萬子に資金を出すための方便だということぐらい、誰にもわかる真実でした。

兄さんは松子姉に、京都に再び仕事場を作ることについて、こう説得したそうです。

京都は東京と違って、芸術的感興を得られる土地だから、今後の創作活動のためにも必要である。そして、今は冷暖房装置もよくなって、暑さ寒さに厳しい京都でも格段に暮らしやすくなっている、と。

兄さんに「芸術」を持ち出されると、松子姉は何も言えません。しかし、松子姉にとっての大きな不安は、清一夫婦の心が離れていることでした。となれば、いずれは千萬子一人が住まう場所になるのは自明の理でした。

ここまで妻としてのプライドを踏みにじられた上に、どうして千萬子の先々の心配までしてやらねばならないのか、と松子姉が不満に思うのは当然でした。

「清ちゃんは、いずれは千萬ちゃんと別れるつもりなんやろ。そうなったら、法然院さんの家は、千萬ちゃん一人が住むことになるやろ。うちらのお墓も法然院さんにあるさかい、千萬ちゃんは、あの人の墓守になろうと思うてるんやないのん？」

私は松子姉の顔を見ました。六十近くになっても、白い顔には皺ひとつありません。しかし、若い頃はふっくらしていたのに、老いの翳《かげ》りは、頰骨の下の窪《くぼ》みに仄《ほの》見えていました。

「墓守？　やって貰うたら、ええやないの」

私はわざとふざけて言いました。でも、松子姉は笑いませんでした。

「いややわ。あたしは、千萬ちゃんに墓守なんかして貰いとうないわ。こんなこと考えとうないけど、そないに遠うないうちに、あの人は亡くなりはるやろなあ。そのうち、あんたもうちも死ぬ。そやし、あの人は、若い千萬ちゃんにお墓を守って貰うために、法然院さんの土地を買うてやるんや」

「そやのうて、のゆりちゃんのためやろ」

松子姉は、首を振りました。

「いや、のゆりちゃんは活発やから、大きゅうなったら東京かどっかへ出て行くやろ。千萬ちゃんが一人、ずっと京都に残るんや。うちはそんな資金を出しとうないねん。ただでさえ、スキーや、ミンクや、パールやで、いくら無心してると思うねん？　あの子に贅沢させるために、あの人が痛い手を堪えて仕事してるんやないやろ」

松子姉は、滅多に人に見せない強い口調で言いました。

「そのとおりや」

私は溜息を吐きました。

「いったいどないしたらええんやろなあ。このまま、へえ、どうぞお好きに使《つこ》うておくれやすて、お金を出すんやったら、うちもおさまらへん」

溜息が移ったのか、松子姉も暗い面持ちで息を吐きました。

「なあ、姉ちゃん、あたしが山口《やまぐち》さんに聞いてこようか」

私は思い切って言いました。山口という人物は、ある出版社を定年退職してから、兄さんの秘書的な仕事をしている人でした。

兄さんの書斎には、口述筆記をしながら、資料を整理したり、兄さんの代わりに電話をかけたりなどの仕事をする矢吹さんのような方が詰めておられますが、税理関係や、何かの行事など、主に外部との連絡をするための人間も出入りしていたのです。

「山口さんか。あの人は、何でも知ってはるとは思うねんけど」

松子姉は頷きましたが、まだ決心できていないようでした。

「あたしは、山口さんが、千萬ちゃんへの送金やらを手伝うてるんやないかと睨んでんねん」

「そんなん、うちの恥やん。どうやろか」

松子姉が急に臆したように言いましたので、私は押し切りました。

「あの人なら、口は堅いと思うねん。もしかして、事情を知ってはるかもしれへんから、あたしが聞いてみるわ」

「そうやね。ほしたら、頼むわ」

たまたま翌週、私は東京の美恵子のところに出かける用事がありましたから、ちょうどいい機会だと思いました。

ところが、山口に会う前に、ちょっとした事件がありました。千萬子が廊下の書棚から本を盗んでいる、と言い付けに来たことのある、女中のマサが、兄さんの手紙の反古を持って来たのです。

「田邊の奥様。ちょっとよろしいですか？」

マサは、襖の向こうから声をかけてきました。ちょうど私は、自室で寛ぎながら、白葡萄酒を飲んでいるところでしたから、不機嫌に答えました。

「急ぎの用事？」

「そうでもありませんけど、これは捨てずにご覧に入れた方がいいと思いましたので、持参いたしました」

兄さんと千萬子のことだ。ぴんときた私は立ち上がって、襖を開けました。

割烹着《かっぽうぎ》を着たマサが、廊下に膝を突いて俯いたまま、くしゃくしゃになった半紙のような物を、私に突き出しています。

「これは何やのん」

「先生が、色ボケ爺だという証拠です」

「しっ、あんた、何を言うてんのん」

私は慌てて周囲を見回しました。幸いにして、松子姉や他の女中の姿はありませんでしたが、そんな心配をしたところで、どうせマサが喋って、女中部屋で話題になっているのは、わかりきったことでした。紙を引っつかむようにして広げて見ると、斜線やバッテンなど引かれてはいましたが、辛うじてこう読めました。

飼猫の身をうらやみて狂ひけん人の心は我のみぞ知る
「先生のラブレターですよね」

マサは顎を上げて、軽蔑したように言いました。私は反古を急いで畳み、懐に入れました。

「あんた、このこと、誰にも言うたらあきまへんで」

「わかってます」

マサはしたり顔で頷くと、さっと踵《きびす》を返しました。その勝ち誇ったような背中を見ながら、兄さんに千萬子と比較されながら始終叱られていたことが、案外こたえていたのだろう、と哀れに思いました。

こんな歌を見るまでもなく、兄さんが千萬子に夢中なのは、誰でも知っていることでした。「千萬子の手紙」という千萬子の書簡集を出したいだの、千萬子の写真集を作ると言って、近影を送らせたりしていたのです。

果ては、千萬子に、婦人雑誌に原稿を書かせたりもしました。千萬子が編集者気取りどころか、兄さんと同じ芸術家気取りになるのも、時間の問題だったのです。

とはいえ、兄さんも感情の峠《とうげ》の頂きに達したのだ、と思わせる歌でした。兄さんの心が自分にないことを察している松子姉の心のうちは、いかばかりだったでしょう。私は、松子姉を傷付ける兄さんと千萬子に、激しい怒りを覚えたのでした。


翌週、予定通り、美恵子の家に滞在することになった私は、帝国ホテルのティールームで、山口と落ち合う約束をしました。自分と会うことは、兄さんに内緒にしてほしい、と頼んでありました。

「田邊の奥様。どうもお久しぶりです」

先に来て待っていた山口が、立ち上がってお辞儀をしました。灰色の背広姿でしたが、ネクタイは着けていませんでした。

山口は背がひょろりと高く、いつも微笑を絶やさないので温厚な紳士に見えます。が、兄さんの勘気に触れることが度々あって、クビになってはまた戻り、ということを何度も繰り返していました。

「今日はお呼び立てして申し訳ありません」

私は深々とお辞儀をしました。山口は、とんでもないという風に、両手を大きく振りました。

「いえいえ、田邊の奥様にお声をかけて頂いて、恐悦至極でございます」

慇懃無礼に感じるほどの言いように困惑して、私は苦笑しました。

「山口さん。今日は折り入って頼みがありますのん。ただ、このことは、兄さんには、内緒にしておいてほしいのです」

「何ですか？　私でお役に立つことがあれば、何でも仰ってください」

山口は驚いた様子で、身を乗り出しました。私はしばらく言うのを躊躇っていましたが、山口が心配そうに待っているので、思い切って言いました。

「恥を忍んで言いますが、兄さんが、千萬ちゃんにどれだけお金を出しているか、ということを知りたいんです。兄さんは、松子姉に知られたくなくて、こっそり工面しているようですが、案外、莫大な金額になっているかもしれませんので、心配しています。と言いますのは、千萬子はうちの嫁という立場ですので、松子姉にも申し訳ないと思ってますのん。もし、山口さんが間に入っておられたのでしたら、正確な額を教えて頂きたいのですが」

山口は困ったように腕組みをして、しばらく考えていました。

「はっきり申し上げます。私も先生に頼まれて、命じられたようにしていましたが、こういうことが度重なると、夫人の信用も失うでしょうし、どうしたらいいかと悩んでおりました。実は先日、小切手で千萬子さんにお送りしました」

「いかほどですか？」

山口はさすがに明言を避けて、テーブルの下で指を出しました。私はその本数を見て、唖然としたのです。

「そんなに高額でしたか」

「はい。先生は、京都に新しい仕事場を作るから、と仰ってました。手付けその他、事務的な手続きを千萬子さんがなさっているから、小切手で送れ、というご指示でした」

「それだけですか」

山口は懐を探って黒革の手帖を取りだして、ページを繰っていました。

「他にも何度かあります。小切手ではありませんが、現金を何度かお送りしています。後は、原稿料を直接差し上げたりもしています。先日は、賞金を一部お送りしました」

「賞金って？」

「はあ」と、山口は額に汗を浮かべながら困った様子でした。「『瘋癲老人日記』で頂いた賞です。半分は、千萬子のものだから、と仰って」

私は唖然として聞いていました。賞金はすべて、妻の松子姉のものではないでしょうか。

「他に品物なんかはどうしてはるんですか？」

「物品は、沼沢さんの息子さんの奥様が、千萬子さんが欲しいと仰るお品を、三越や和光で選んで送ってくださっているようですね」

「何と贅沢なことを」

「申し訳ありません」

山口はテーブルに頭を付けんばかりに謝りました。でも、私はやり場のない虚しさに、ただ呆然としていました。最初、兄さんは、若い千萬子の我が儘を聞いてやることが楽しくてならなかったのでしょう。そして、千萬子は、そんな兄さんの癖をわかって、操るような振りをしてゲームを楽しんでいたのです。でも、最早ゲームの範疇《はんちゅう》を超えていました。

「山口さん、松子姉の立場になって考えてほしいですわ」

山口が恐縮しました。

「もちろん、私もいつも気になっていましたから、先生に『奥様に内緒なので心苦しい』と申し上げると、怒って『もう来なくていい』と言われるんです。先生を怒らせたかとがっくりしていると、また半年くらい経って、先生の方から連絡してくるんですよ。『山口君、また頼むよ』と仰って」

山口と別れた後、はて、どうしたものか、と私はしばらく銀座の街角に立ったまま、思案していました。この話を松子姉にしたら、松子姉は激怒して、兄さんを責めるに決まっています。健康が優れない兄さんには、どれだけの負荷になるや知れません。

とはいえ、放っておくのは、あまりに危険でした。このままでは、どうなるかわからない。何と言っても、千萬子は若過ぎました。誰よりも才能があって、同じ年齢の女たちと比べて、遥かに賢いとはいえど、松子姉や私の心情を汲《く》むにはまだ早いのです。

　私は思い切って、兄さんに直々に話すことにしました。そうです、姑の立場から、若い嫁と姉の夫との特別な関係に苦言を呈したい。それには、もう少し好機というものが必要でした。私は、機会を待つことにしました。

　その昭和三十八年という年は、兄さんと千萬子の間に交わされた手紙が、いっそう熱を帯びた年でした。兄さんは、限りある命を精一杯燃やしているかのように、千萬子にせっせと手紙を書いていました。時折、マサが反古を拾ってきましたが、もうそんな物を読む必要もないほど、兄さんは何かに追われるように焦っていました。その何かが、「死」であろうことは、誰の目にも明らかでした。それなのに、兄さんの詠む歌は、妖しく光り輝いているのでした。


　　薬師寺の如来の足の石よりも君が召したまふ沓の下こそ

9

翌年、東京オリンピックが開かれるということで、東京中の道路が掘り返されて、古い建物がどんどん壊されていきました。一方、黒部に大きなダムが造られたり、外資系ホテルが開業したりと、ものすごい速さで新しい時代に移り変わりつつあることは、誰の目にも明らかでした。

しかし、反対に兄さんの体力は、日に日に衰えていきました。九月に入って気温が下がったせいか、急に血圧が上昇して、兄さんは医者に絶対安静を命じられました。たまたま、医者通いのために、上京している時だったのは幸いなことでした。

それなのに、兄さんは、相変わらず千萬子と手紙を交わしていました。しかも、千萬子をホテルに呼んで、二人きりで会う約束までしていたのです。兄さんは、その日を楽しみにしているらしく、医者の命令にも素直に従っていました。

千萬子の鹿ケ谷《ししがたに》法然院の新居の建築も着々と進み、十一月の完成を待つばかりでした。

「お義母様も、是非ご一緒にお住みになってくださいな」と、千萬子から再々誘いがありましたが、気の進まない私は、断り続けていました。

私が、兄さんと話さなければならないと思ったのは、兄さんが滞在しているホテルの部屋に、千萬子が訪れる約束の数日前のことでした。

「兄さん、ちょっとかましまへんか？」

私が部屋のドアをノックして開けると、ちょうど本を読んでいたらしい兄さんが、懐手で振り返りました。兄さん夫婦と私は、いつもホテルの続き部屋を取っていましたから、女たちがひと部屋で過ごしたり、兄さんと松子姉が一緒にいたり、と臨機応変に行き来していたのです。

「ああ、よござんすよ」

兄さんは、あの大きな目で私の方を見ました。

「ご体調はどないですのん？」

「血圧はかなり下がりました。今日は頭が痛くない。ただ、手が痛くてかないません」

兄さんは懐手を外して、疼痛のある方の右手を見せました。

「これから寒うなりますから、油断したらあかしませんよ」

「わかっています」

兄さんは笑って、薄くなった頭髪にその手をやりました。

「そんな折に、すんまへんけど、千萬ちゃんのことで相談がありますねん」

千萬子という名を聞いて、兄さんが緊張した様子で向き直りました。

「何でしょう」

私は兄さんの目を見ながら、はっきり言いました。

「千萬ちゃんは、清一と結婚して田邊家の嫁になりました。そやから、田邊家の者として、私は監督の義務がありますさかい、言わせて貰おう思います。最近、兄さんと千萬ちゃんがお手紙を交換してはるのんは、皆が知っています」

「そうでしょうなあ」兄さんは一瞬にやりと笑いましたが、すぐに「どうぞ、お座りください」と改まった様子で、私に椅子を勧めてくれました。

兄さんは、書見をしていたらしく、きちんと片付いたデスクには、本と千萬子が編んだ右手用の手袋以外は出ていませんでした。

「おおきに。お仕事のお邪魔をして、すんまへんけど」

私は勧められた椅子に腰掛けました。

「いいんですよ。どうしても書評をせねばならなくなりまして、やむを得ず広げていました。ちっとも面白くないので、どうしようかと思案していたところです。重ちゃんと話せるのなら、いい気分転換になります」

私は、千萬子の編んだ手袋を見つめながら、何と言いだそうかと迷っていました。すると、兄さんの方から水を向けてきました。

「千萬子がどうかしましたか？」

「兄さん、はっきり言うてもよろしおますか？」

私は兄さんの目を見つめて訊《たず》ねました。兄さんは覚悟したのでしょう。無言で頷きました。

「兄さんは以前、あたしのことを好きや、言うたことがありましたな」

意外なことを言われて驚いたのか、兄さんは私を見遣った後、目を閉じて再び懐手をしました。

「覚えてます。戦時中の熱海でしたね」

「へえ、兄さんが『細雪』を書いておられた頃です。あたしは、兄さんが言うてくれはったことを、松子の妹として光栄に嬉しう思いましてん。あたしは、姉ちゃんの付録ですよって、これは姉ちゃんが一番好きや、いうことやと思いました」

「いや、重ちゃんは、付録なんかじゃありません」

兄さんが手を挙げて否定しようとしたので、私は遮りました。

「兄さん、あたしはそんな阿呆やあらしまへん。それがほんまやということくらいわかります。そやけどな、兄さん、兄さんが今、千萬ちゃんを好きや言うたら、それは姉ちゃんを捨てることになります。それに、千萬ちゃんは清一の嫁ですさかい、田邊家としては絶対に許すわけにはいきまへんのや」

兄さんは、きつい言葉を繰り出す私に呆れたのか、目を剝きました。

「千萬子は好きですが、あなたや松子を好きだというのとは違います。千萬子は、私の仕事を助けてくれていますから」

兄さんは苦しそうに言い訳をしました。しかし、兄さんは、自分が責められている理由を承知しているのでした。申し開きができないことも。

「そのこともわかってます。お仕事の邪魔をする気はあらしまへんが、姉ちゃんかて、長い間、兄さんのお仕事のお手伝いしてきたやおまへんか。そないな言い方は、狡《ずる》いですえ。妹として姑として、看過でけへんこともあるということです。きつい言い方して、えろうすんまへんな」

兄さんは困り切った様子で、気の毒なほど項垂れていました。

「どうしたらいいですかね」

「簡単です」と、私は言い切りました。「千萬ちゃんには二度と親密な手紙を出さんといてほしい、いうことです。まだお書きになりたいんやったら、姉ちゃんは兄さんと別れたいと言うてます」

「別れる？」

よほど意外だったのか、そう気弱に呟いた兄さんは、年相応の老人に見えました。

「へえ、そうです。そんな田邊の嫁に毎日手紙を書いて、お金まで出して家を建ててやった爺さんの世話なんか、金輪際、しとうない言うてますねん」

爺さんという語が可笑しかったのか、兄さんの顔に愉快そうな表情が浮かびましたが、それも一瞬のことで、見る見る悄然《しょうぜん》として肩を落とし、目を閉じました。

「どうしたらいいですかね」

兄さんは、本当に弱った様子で呟きました。

「兄さん、千萬ちゃんがほんまに好きなんですね？」

兄さんは黙ったきり、何も答えません。沈黙が続きます。

「そやったら、好きやという前提で話させてもらいます。わかってはるでしょうけど、兄さんは、姉ちゃんの気持ちを踏みにじってはります。あたしは、そういう兄さんが嫌いですねん。大嫌いですねん。姉ちゃんの老後はあたしが見ますから、ここで千萬子を取るか、あたしらを取るか、はっきりしてもらいたいんです。そやないと、姉ちゃんの自尊心はずたずたですねん。あたし、見てられへん」

兄さんはしばらく俯いていましたが、やがて顔を上げてこう言いました。

「重ちゃん、あなたは怖いお人だ」

「何がです？」

私は兄さんの目を見据えました。そこには怖れと同時に、お馴染みのあの色が浮かんでいました。私の反応を面白がっているような気配。

「僕を現実に引き戻す」

兄さんはそう言って、大きく嘆息しました。

「ほな、現実ついでに気になってることを言わせてもらいまひょ」

「何です」

兄さんがぎろりと大きな目で私の方を見ました。

「千萬ちゃんから来た、膨大な量のお手紙はどないするおつもりですか？　兄さんは文豪ですさかい、書簡集もいずれ出るでしょうから、あの手紙をどないするおつもりか、それだけは聞かせておくれやす。千萬ちゃんの手紙が表に出たら、姉ちゃんはもっと苦しむかもしれまへんから」

兄さんは息をひとつ吐いた後、うっかりすれば聞き逃しそうな低い声で答えました。

「送り返しました」

「今、何て？」

聞き直しても、兄さんは二度と言いませんでした。そして、ゆっくり椅子を外して、突然、絨毯を敷いた床に手を突いたのです。痛いのか、右手を突くのに少し時間がかかりました。私は内心慌てましたが、顎を上げたまま見下ろしていました。

「申し訳ありません」兄さんが両手を突いたまま、頭を下げました。「私は千萬子が好きでありました。千萬子は、ものを書く上でも、いろいろ役に立ってくれました。でも、あなた様と千萬子は同列ではありません。あなた様が仰るなら、千萬子にはもう手紙は出しません」

「うちと千萬子はどう違うんや？」

私は椅子に腰掛けたまま、兄さんを見下ろして言いました。

「あなた様こそが、私の創作の源流でした。あなた様がいらしたからこそ、松子が輝き、私たち夫婦が仲睦《なかむつ》まじくいられたのです。あなた様ほど大事な方はおりません。あなた様ほど複雑で素晴らしい女人はおられません」

兄さんは土下座したまま、岩のように動きません。

「ほんまでっしゃろな」

念を押しますと、兄さんは顔を上げずに深く頷きました。

「嘘ではない」

「ほんまでもあらへん、ていうことか？」

「いえ、真実です」

私は足袋を履いた右足を、兄さんの左肩の上に置きました。兄さんがびくりとして身じろぎします。

「なら、千萬子はどないするんや」

足先に力を籠めます。兄さんの肩は固くて岩のよう。

「千萬子とはもう二度と会わないようにいたします。明後日、千萬子が東京に来たら、私は会わずに熱海に帰ります。どうぞ私を信じて、お許しください」

ふと気配を感じて顔を上げると、続き部屋のドアが少し開いて、松子姉がこちらを窺っているのでした。松子姉の顔が青白く見えます。松子姉はちらりと私の方を見て、戸惑ったような表情をしました。私には、その理由がわかっていました。私は、松子姉の付録ではなかったのです。

以後、兄さんは、千萬子に手紙を書くのをやめました。いえ、書いたとしても、それは事務的な連絡に限られていましたから、ほとんどが代筆でした。こうして、私は兄さんと千萬子の仲を裂くことに成功したのです。

後味が悪い？　いいえ、そんなことはありません。私は自分の役目を果たしましたし、自分の存在価値も確かめることができました。松子の金魚の糞《ふん》で、ただ酒が好きなだけの老女、と陰で言われていた私は、文豪・谷崎潤一郎にとって大事な人間だった、と確認できたのですから。

千萬子からは、再三再四、いったい何の理由でこんなに冷たい仕打ちを受けなくてはならないのか、という手紙が来ていましたが、何か悟ったのでしょう。やがて、千萬子の手紙も、事務的な連絡のみとなりました。勘のいい千萬子のことですから、私が何か入れ知恵をしたと思ったのかもしれません。

千萬子との交流が断たれてから、兄さんの体調は、あっという間に悪くなっていきました。現世の歓びを断たれた途端、まるで死が舌舐めずりをして近付いてくるかのようでした。昭和三十九年初め、兄さんはたびたび心臓発作を起こすようになり、心臓血管研究所に入院を余儀なくされたのです。兄さんは、松子姉に何もかも面倒を見て貰わなければ、日常生活を送ることのできない体になっていきました。

松子姉は、完全に兄さんを自分のものとしたのです。年末には、前立腺肥大による尿閉を起こして、大晦日には高熱が出ました。昭和四十年が明けると、早速入院してカテーテルの手術をしたのです。

それでも兄さんは力を振り絞り、その年の五月に鹿ヶ谷法然院の千萬子の新居にひと月近く滞在しました。京都はこれで最後、千萬子やのゆりと会うのもこれが最後、と兄さんは思ったのでしょう。嵐山の新緑を見ては美しいと涙を流し、のゆりと会っては大きくなったと涙を流していました。千萬子と久しぶりに会ったのに涙を流さなかったのは、私たちに遠慮したからかもしれません。

しかし、兄さんが一番安心したのは、法然院の自分の墓の上にある、枝垂れ桜の若葉を見たことでしょう。その時、兄さんが千萬子を墓守にしたいと思ったかどうかは、わかりません。

法然院のお墓には、墓石がふたつあります。兄さん夫婦が入る予定の墓石には、「寂」の字、私たち田邊の家が入る墓石には、「空」の字が刻まれています。「空」の墓石の下には、昭和二十四年に亡くなった田邊がすでに入り、私が来るのを待っているのでした。

兄さんがこの世を去ったのは、京都訪問からわずか二カ月後でした。七月二十四日に七十九歳の誕生日を祝ったのですが、その時のご馳走が弱った体には負担となりました。腎《じん》不全《ふぜん》を起こして苦しみ、三十日の朝方、心臓が止まったのです。

千萬子に連絡したのは、兄さんが亡くなってからでした。千萬子は、新聞社の連絡によって知り、ちょうど家を出ようとしていたところだったそうです。

「お義母様、伯父様の具合がお悪いのでしたら、どうしてもっと早く教えてくださらなかったのですか」

千萬子は到着するなり、私を詰《なじ》りましたが、私は沈黙していました。松子姉と私と、長く密接に暮らしていた兄さんの末期《まつご》の時間を、どうして新参者の千萬子に渡すことができましょうか。いいえ、ほんの少しでも、嫌だったのです。

松子姉の嫉妬は、私の嫉妬。松子姉の懊悩は、私の懊悩。そして、松子姉の狭量は、私の狭量でした。

初七日が過ぎた頃の深夜、書斎から戻ってきた松子姉が騒ぎだしました。兄さんが大事に取ってあった、千萬子からの手紙がなくなっている、というのです。

「千萬ちゃんが、お通夜《つや》の時に持って帰ったんやろか」

松子姉が不審の念を隠さずに言いました。大きな葬儀で疲れたのか、顔に窶《やつ》れが目立ちました。

「さあ、いくら千萬ちゃんかて、まさかそんなことはせえへんやろ」

私は取りなしましたが、兄さんが送り返したとは言いませんでした。千萬子に不利なことは、黙っていた方がいいと思ったのです。それが松子姉を深い悲しみから救う道だと知っていたからです。

「そやけどな、千萬ちゃんやったら、そのくらいするかもしれんな」

松子姉が途方に暮れたように呟きましたので、私は薄くなった背中をさすりました。

「大丈夫や。あたしが聞いてみるさかい、姉ちゃんは心配せんでもええから」

「おおきに。ほな、お休み」

松子姉が寝室に帰って行きます。寂しそうな背中でした。

私は誰もいない居間で、大好きな白葡萄酒の栓を抜きました。酒の相手は、亡くなった兄さんです。私の前に現れた兄さんは、戦前の熱海の頃の姿でしたから、まだ五十代の半ばでしょうか。今の私とそう変わらない年頃で、大変な男前です。

『兄さん、最期までえらい頑張りましたな。ご苦労さんでした』

私は兄さんのグラスにも白葡萄酒を注いで、献杯しました。白葡萄酒は、最新の電気冷蔵庫に入れてありましたから、とても冷えていて喉越しがいいのでした。

『これはうまい』ひとくち飲んだ兄さんが、嬉しそうに笑いました。

『兄さん、ご立派な生涯でしたなあ』

私がねぎらいますと、兄さんが軽く一礼しました。

『そうですか、ありがとうございます。重ちゃん、思うに、あなたが一番文学的なお人でしたな』

『どないな意味ですか？』

『夢と現《うつつ》のあわいを行ったり来たり。あなたほど、僕の書く小説の中に生きた人はいませんでしたね』

兄さんが闇の中でにやりと笑いました。

『姉ちゃんやないんですか？』

兄さんは笑って答えません。

『ほんなら、千萬子はどないです？』

答えがないので、私は思い切って言いました。

『結局、兄さんが一番好きなんは兄さん自身、てことですやろか』

兄さんは朗らかな笑い声を立てたまま、闇の中に消えていきました。

謝辞

この本を書くにあたりまして、渡辺千萬子さん、高萩たをりさんには、大変お世話になりました。

また、方言に関しましては、田中貴子先生から、貴重なご助言をいただきました。

皆様に心より感謝し、お礼を申し上げます。

著者

主要参考文献

『谷崎潤一郎全集』全二十六巻　中央公論新社
『谷崎潤一郎の恋文――松子・重子姉妹との書簡集』千葉俊二編　中央公論新社
『谷崎潤一郎=渡辺千萬子 往復書簡』谷崎潤一郎、渡辺千萬子著　中公文庫
『谷崎潤一郎伝――堂々たる人生』小谷野敦著　中央公論新社
『倚松庵の夢』谷崎松子著　中公文庫
『湘竹居追想――潤一郎と「細雪」の世界』谷崎松子著　中公文庫
『落花流水――谷崎潤一郎と祖父関雪の思い出』渡辺千萬子著　岩波書店
『花は桜、魚は鯛――祖父 谷崎潤一郎の思い出』渡辺たをり著　中公文庫
『祖父 谷崎潤一郎』渡辺たをり著　中公文庫
『われよりほかに――谷崎潤一郎 最後の十二年』（上・下）伊吹和子著　講談社文芸文庫
『新撰 京の魅力　谷崎潤一郎の京都を歩く』河野仁昭、渡部巌著　淡交社

解説

千葉俊二

『デンジャラス』の連載の第一回を読んだとき、ほんとうにビックリした。これは文字通りデンジャラスで、危険な魅力に充ちている、と（この作品は「婦人公論」二〇一五年二月二十四日号から二〇一六年四月十二日号まで連載された）。

桐野夏生さんが谷崎潤一郎をモデルに小説を書くということで、とても楽しみにしていた。桐野さんはこれまでも島尾敏雄をモデルに『ＩＮ』を、林芙美子をモデルに『ナニカアル』を執筆し、作家の伝記的な空白部分に鋭く切り込みながら、巧みに現実と虚構が綯《な》い合わされた桐野ワールドを構築してきた。

谷崎文学に関しても短編であるが、「浮島の森」（『アンボス・ムンドス』所収）という切れ味の鋭い作品を書いている。近代文学史上に有名な谷崎と佐藤春夫とのあいだに起こった妻譲渡事件に取材し、その事件に巻き込まれた谷崎の娘に視点を定めながら、小説を書きつづける作家の業《ごう》といったものを炙《あぶ》りだしている。

谷崎を扱ったこの小説のタイトルが「デンジャラス」で、しかも作品の語り手を田邊重子《たなべしげこ》に設定している。重子は、谷崎の長篇小説『細雪』の主人公雪子のモデルとなった女性である。谷崎は生涯に三度結婚したが、その三度目の妻が松子で、田邊重子はその松子の妹の渡辺重子をモデルとしている。

谷崎は一九二七年三月の初対面以来、松子の魔力にひと目ですっかり魅せられてしまった。一九三〇年代の谷崎作品――『盲目物語』（一九三一年）、『武州公秘話』（一九三一～三二年）、『蘆刈』（一九三二年）、『春琴抄』（一九三三年）など、文学史に残る谷崎の代表作は、そのヒロインはすべて松子がモデルであり、そのインスピレーションのもとに執筆されている。

『デンジャラス』のなかで重子はみずからを「松子姉が太陽なら月、松子姉が光なら影、松子姉が動なら静」というように、松子の「陰画的存在」として描かれる。谷崎には卓抜な日本文化論である「陰翳礼讃」もあるが、その谷崎潤一郎をモデルとして描くのに、太陽であり光である松子ではなく、松子の影であり陰画的な存在の重子の視点から描いているのである。

松子サイドからならば、谷崎への言及や証言はたくさん残されている。しかし、谷崎が重子をどう見ていたか、また重子は姉の松子と谷崎との関係をどう見ていたのか。それに関してはまったく分からず、すべては闇に包まれた謎である。

『デンジャラス』は、果敢にもこの闇の領域に挑もうとする。谷崎文学の研究では危なくて、誰も踏みこもうとしない、デンジャラスな領域である。が、むしろその危うさが作家の想像力を挑発してやまないのだろう。

描かれた内容も、デンジャラスきわまりない。『細雪』の雪子の結婚相手である御牧実《みまきみのる》のモデル田邊弘が、重子と『細雪』の内容をめぐって口論する箇所がある。そこで田邊は「これじゃ僕は、たいしたことのない男みたいじゃないか」と不平をいう。

ことに雪子が御牧との結婚のために上京する列車のなかでも「下痢《げり》」が止まらないという『細雪』の有名な結末について、田邊は「まるで御牧との結婚で不幸になることを予言しているかのようじゃないか」と苦言を呈する。また田邊が放り投げた『細雪』を拾おうとした重子の背中に拳固《げんこ》を喰らわせ、田邊は「おまえ、谷崎と関係あったんじゃないか？」と、ストレートに疑念をぶつける。

こうした書き出しの部分を読んで、まさに度胆を抜かれた。谷崎作品のなかでも『細雪』は例外的に作者の実生活と密接な関連をもっている。御牧のように描かれた人物が、これをどう受けとめて、重子との結婚生活にそれがどのようにフィードバックしたかなど、漠然と想像することはあっても、誰しもここまで突きつめて考えようとはしなかった。小説家の想像力をもってはじめて可能なことである。

決して無から有が生じないように、どんなに絵空事を描いた小説であっても、それを発想するための核となるキッカケがあったはずである。それが何らかの社会的な事件であったり、あるいは作者自身の体験であったりしても、高感度な作家の内的感受性を激しく刺戟して、その内なる空想世界をざわつかせるのだろう。

そして、それは現実を切り裂き、その裂け目の向こう側にこの現実の世界とは別なひとつの可能態としての想像世界をのぞかせる。小説とは、言葉でその想像世界をひとつのかたちに定着させようとするものである。そこにおいて現実では決して充足されることのない作者のキテレツな欲望もかなえられるかも知れないし、自分だけの隠された居場所を見出すこともできるかも知れない。

『デンジャラス』は、いってみればこうした創作行為の機微を、谷崎潤一郎という文学史上にビッグな名前を残した作家の文学に仮託しながら、みずからの創作原理を問いつめたものといえる。谷崎が現実の実生活における体験をどのようにひとつの文学作品へ昇華していったか、またそれがどのように作者自身の実生活にフィードバックしていったか。それに明確なかたちを与えることは、ひとりの作家がなぜ小説を書くのかということを自問自答するにも等しい。

一見、スキャンダラスな谷崎潤一郎という作家の謎を、興味本意に暴露した小説とも誤解されかねない。しかし、本作は決してそうした作品ではない。現代において谷崎の文学にも匹敵するような過剰なものをかかえ込んだ小説家が、谷崎潤一郎という文豪の胸を借りながらみずからの小説作法を再点検しようとした意欲作なのである。

したがって、連載第一回を読んで、そこに小説という形態でしか扱えない文学上の機密に大胆にメスを入れていったことに驚かされたのである。谷崎潤一郎を主人公とし、谷崎のまわりにあってその創作意欲を刺戟しつづけた女性たちを描くこの長篇小説は、谷崎の創作上のメカニズムの秘密を解明するばかりか、それは同時に桐野夏生の創作原理のカラクリの開陳にもつながるだろうと予感された。その後の展開がどんな風になるのか、ワクワクさせられたのである。

『細雪』の主人公「雪子」としての矜持《きょうじ》と生身の重子との分裂から、重子の松子への密かな対抗心や田邊との確執などが、特異な想像力をもった小説家ならではの鋭利な筆によって抉《えぐ》りだされてゆく。やがて田邊の死後、ふたりのあいだに子どもがなかったため、松子と前夫の小津清之介とのあいだに生まれた清一が田邊家の養子に入り、清一は日本画家の本橋寿雪《もとはしじゅせつ》の孫娘で、京都の山伏《やまふし》病院の娘の千萬子《ちまこ》と結婚する。

新しい時代の新しい価値観をもった千萬子が谷崎家に同居するようになって、谷崎と松子・重子姉妹との関係には大きな変化が生じる。田邊の没後、谷崎家に同居するようになった重子はわが身の居場所を失って、次第に重度のアルコール依存症に陥ってゆく。ことに藝術かワイセツかということで大いに世間を騒がせた『鍵』のモデル問題に肉迫している箇所は圧巻である。桐野さんは『鍵』を谷崎作品のなかで「最も好きな小説」として挙げていたこともある（「婚姻を描く谷崎」『文豪ナビ　谷崎潤一郎』〈新潮文庫〉所収）。『鍵』を執筆中の谷崎と重子とのあいだで、こんな会話が交わされる。

「兄さん、何もあたしは（解説者注・自分の酔い方の癖を）貸すのが嫌や、とケチなことを言うてるんやあらしまへん。そやのうて、自分のやったことが言葉になるていうことが恥ずかしいんです。そやから、主人公が自分やとも思うてへんけど、自分のような気がしますねん」

「なるほど。それは気付かなかった」兄さんは、猪口を卓に置いて懐手をしました。「小説家というのは、作品の中で人を捏《こ》ね上《あ》げていくんです。だから、小説家が書く人物は、あくまで作品の中で生きている人であって、決して生身の人間じゃない」

現実に刺戟を受けながら、いったんそれを捨象《しゃしょう》して自分が「捏ね上げ」る想像世界のなかにひたりきる小説家の姿は、谷崎のそれでもあり桐野夏生のそれでもある。重子は「小説と実人生は一緒では」ないが、「小説に影響される人生があってもいい」といい、「素晴らしい小説ならば、実人生が小説に吸い取られてしまった方がどんなにいいか」とも語っている。まさに小説家・桐野夏生の地の声を聞くようである。

第三章の「狂ひけん人の心」では千萬子の存在が大きく迫《せ》り上がってくる。その千萬子にインスピレーションを得て谷崎は最後の傑作『瘋癲《ふうてん》老人日記』の創作に向かうが、さながら自分で構築した虚構の小説世界に毒されたかのように、谷崎は現実を小説に近付けてゆき、「虚実ないまぜ」た妖しさを漂わす。まさに「狂ひけん人の心」を持つものの執着である。

もちろん、それらも重子の視点を通して描きだされているが、ここでの重子は『細雪』の内気で、おっとりとした雪子とは違って、キッチリとした意見をもち、客観的かつ理詰めに谷崎と対峙している。『細雪』の雪子のイメージからはちょっとはずれた、小説家桐野夏生の素顔をのぞかせた箇所かも知れない。が、『細雪』においても最後に雪子は妙子を理詰めに問いつめており、ちょうどそれと似ている。

小説の末尾で「結局、兄さんが一番好きなんは兄さん自身、てことですやろか」と重子は亡き谷崎へ問いかける。谷崎にとって自分が創作した小説世界こそ第一だったということとは間違いないようだ。そんな絶対的な自己肯定をもってみずからの文学的生涯を押しとおしたところが、谷崎潤一郎という作家の怪物性に外ならない。

そんな怪物的な作家に近付くことは、文字通りにデンジャラスである。谷崎にとっては松子にしろ重子にしろ、そして千萬子にしても、その小説世界を構築するために絶対に必要不可欠の存在であった。谷崎にとっては彼女らによって喚起された想像世界と現実とのあいだを往き来することが、まさに生きるということだった。同時に松子にしても重子にしても千萬子にしても、谷崎の創作した虚構と現実とのあわいに生かされることで、自分たちの生を確認することもできたのだろう。

『デンジャラス』は、そんな谷崎という作家と、谷崎を取りまいた女性たちを、冷徹でありながら敬愛の念のこもった小説家の眼をもって描きだしている。単なるモデル小説を超え、ほんとうの文学に近付くことの危うさを、凄味をもって見事に描き切った作品である。

（ちば・しゅんじ　日本近代文学研究者）

この物語は、事実を基にしたフィクションです。

『デンジャラス』二〇一七年六月　中央公論新社刊

中公文庫

デンジャラス

2020年6月25日　初版発行

著　者　桐《きり》野《の》 夏《なつ》生《お》

発行者　松田 陽三

発行所　中央公論新社

〒100-8152　東京都千代田区大手町1-7-1
電話　販売 03-5299-1730　編集 03-5299-1890
URL http://www.chuko.co.jp/

DTP　ハンズ・ミケ
印　刷　三晃印刷
製　本　小泉製本

Published by CHUOKORON-SHINSHA, INC.
Printed in Japan　ISBN978-4-12-206896-4 C1193

中公文庫既刊より

各書目の下段の数字はISBNコードです。978-4-12が省略してあります。

き-41-1
優しいおとな　桐野夏生
日本の福祉システムが破綻し、スラム化したかつての繁華街〈シブヤ〉で生きる少年・イオン。希望なき世界のその先には何があるのか。〈解説〉雨宮処凛
205827-9

た-30-52
痴人の愛　谷崎潤一郎
美少女ナオミの若々しい肢体にひかれ、やがて成熟したその奔放な魅力のとりことなった譲治。女の魔性に跪く男の惑乱と陶酔を描く。〈解説〉河野多恵子
204767-9

た-30-53
卍（まんじ）　谷崎潤一郎
光子という美の奴隷となった柿内夫妻は、卍のように絡みあいながら破滅に向かう。官能的な愛のなかに心理的マゾヒズムを描いた傑作。〈解説〉千葉俊二
204766-2

た-30-18
春琴抄・吉野葛　谷崎潤一郎
美貌と才気に恵まれた盲目の地唄の師匠春琴。その弟子佐助は献身と愛ゆえに自らも盲目となる――代表作『春琴抄』と『吉野葛』を収録。〈解説〉河野多恵子
201290-5

た-30-27
陰翳礼讃　谷崎潤一郎
日本の伝統美の本質を、かげや隈の内に見出す「陰翳礼讃」「厠のいろいろ」を始め、「恋愛及び色情」「客ぎらい」など随想六篇を収む。〈解説〉吉行淳之介
202413-7

た-30-13
細雪（全）　谷崎潤一郎
大阪船場の旧家蒔岡家の美しい四姉妹を優雅な風俗・行事とともに描く。女性への永遠の願いを〝雪子〟に託す谷崎文学の代表作。〈解説〉田辺聖子
200991-2

た-30-6
鍵　棟方志功全板画収載　谷崎潤一郎
妻の肉体に死をすら打ち込む男と、死に至るまで誘惑することを貞節と考える妻。性の悦楽と恐怖を限界点まで追求した問題の長篇。〈解説〉綱淵謙錠
200053-7

た-30-54
夢の浮橋
谷崎潤一郎
夭折した母によく似た継母。主人公は継母への憧れと生母への思慕から二人を意識の中で混同させてゆく。谷崎文学における母恋物語の白眉。〈解説〉千葉俊二
204913-0

た-30-10
瘋癲《ふうてん》老人日記
谷崎潤一郎
七十七歳の卯木は美しく驕慢な嫁颯子に魅かれ、変形的間接的な方法で性的快楽を得ようとする。老いの身の性と死の対決を芸術の世界に昇華させた名作。
203818-9

た-30-7
台所太平記
谷崎潤一郎
若さ溢れる女性たちが惹き起す騒動で、千倉家のお台所はてんやわんや。愛情とユーモアに満ちた筆で描く抱腹絶倒の女中さん列伝。〈解説〉阿部 昭
200088-9

た-30-29
潤一郎ラビリンスⅠ　初期短編集
谷崎潤一郎
千葉俊二編
官能的耽美的な美の飽くなき追求を鮮烈に描く「刺青」など八篇、反自然主義の旗手として登場した若き谷崎の初期短篇名作集。〈解説〉千葉俊二
203148-7

た-30-30
潤一郎ラビリンスⅡ　マゾヒズム小説集
谷崎潤一郎
千葉俊二編
「饒太郎」「蘿洞先生」「続蘿洞先生」「赤い屋根」など五篇。自らマゾヒストを表明した饒太郎、そのきわめて秘密の快楽の果ては……。〈解説〉千葉俊二
203173-9

た-30-31
潤一郎ラビリンスⅢ　自画像
谷崎潤一郎
千葉俊二編
神童と謳われた少年時代、青春の彷徨、精神主義からの堕落、天才を発揮し独自の芸術を拓く自伝的作品「異端者の悲しみ」など四篇。〈解説〉千葉俊二
203198-2

た-31-1
倚松庵《いしょうあん》の夢
谷崎松子
おくつきにともに眠らん日をたのみこのひととせは在り経しものを——谷崎潤一郎への至純の愛と献身に生きた夫人が、深い思いをこめて綴る追慕の記。
200692-8

た-30-49
谷崎潤一郎＝渡辺千萬子　往復書簡
谷崎潤一郎
渡辺千萬子
複雑な谷崎家の人間関係の中にあって、作家晩年の私生活と文学に最も影響を及ぼした女性との往復書簡。「文庫版のためのあとがき」を付す。〈解説〉千葉俊二
204634-4

各書目の下段の数字はＩＳＢＮコードです。978－4－12が省略してあります。

い-3-8
光の指で触れよ
池澤夏樹
土の匂いに導かれて、離ればなれの家族が行きつく場所は――。あの幸福な一家に何が起きたのか。『すばらしい新世界』から数年後の物語。〈解説〉角田光代
205426-4

か-61-3
八日目の蟬《せみ》
角田光代
逃げて、逃げて、逃げのびたら、私はあなたの母になれるだろうか……。心ゆさぶるラストまで息もつがせぬ傑作長編。第二回中央公論文芸賞受賞作。〈解説〉池澤夏樹
205425-7

か-61-4
月と雷
角田光代
幼い頃暮らしをともにした見知らぬ女と男の子。再び現れたふたりを前に、泰子の今のしあわせが揺らいで……偶然がもたらす人生の変転を描く長編小説。
206120-0

か-57-5
夜の公園
川上弘美
わたしいま、しあわせなのかな。寄り添っているのに、届かないのはなぜ。たゆたい、変わりゆく男女の関係をそれぞれの視点で描き、恋愛の現実に深く分け入る長篇。
205137-9

つ-6-14
残像に口紅を
筒井康隆
「あ」が消えると、「愛」も「あなた」もなくなった。ひとつ、またひとつと言葉が失われてゆく世界で、執筆し、飲食し、交情する小説家。究極の実験的長篇。
202287-4

つ-6-21
虚人たち
筒井康隆
小説形式からその恐ろしいまでの〝自由〟に、現実の制約は蒼ざめ、読者さえも立ちすくむ、前人未到の長篇問題作。泉鏡花賞受賞。〈解説〉三浦雅士
203059-6

ほ-16-6
正弦曲線
堀江敏幸
サイン、コサイン、タンジェント。この秘密の呪文で始動する、規則正しい波形のように――暮らしはめぐる。思いもめぐる。第61回読売文学賞受賞作。
205865-1

ほ-16-9
戸惑う窓
堀江敏幸
覗かずにはいられない。大聖堂の薔薇窓、木造家の古窓……マチスは闇を、プルーストは不思議な絵画を見いだした。世界を一変させた「窓」を訪ねる二十五篇。
206792-9